「どうしてこの子は、いまだに私のことを憧れだなんて言っているのかな？」
「……だって、桜坂さんは私の、その……あ、憧れですから！」

Contents

プロローグ 6
エピソード① 9
エピソード② 54
エピソード③ 154
エピソード④ 249
エピローグ 271

さぁ、悪役令嬢のお仕事を始めましょう
元庶民の私が挑む頭脳戦

緋色の雨

PASH!文庫

プロローグ

「わたくしの代わりに悪役令嬢になりなさい。そうしたら貴女《あなた》の妹を助けてあげる」

破滅的な提案をしたのは桜坂《さくらざか》財閥のご令嬢。そして提案された私はただの一般人。妹が難病を抱えて入院していることを除けば、ごく普通の女の子だと思っていた。

いや、彼女の提案を聞いた後でもそう思っていた。

「ここは、乙女ゲームを元にした世界なの」

――彼女がその事実を打ち明けるまでは。

桜坂財閥のご令嬢、紫月《しづき》さんの話は驚くべき内容だった。

とはいえ、私もすぐに彼女の話を鵜呑みにした訳じゃない。だけど、彼女は自身の言葉が真実である証拠を示し、私は彼女を信じて悪役令嬢になることを了承した。

そうして、彼女の代わりに悪役令嬢となって三年が過ぎた。

最初から上手くいった訳じゃない。

振り返ってみても、悪役令嬢らしく振る舞えたかどうかは分からない。でも、私は彼女の指示通りに攻略対象の雪城《ゆきしろ》 琉煌《るき》と接点を持ち、物語と同じように――恋をした。

そして――

高層ビルの最上階にあるパーティーの会場。財閥の娘に相応《ふさわ》しい煌《きら》びやかなパーティードレスを纏《まと》う私は、窓の外、遥か下界に広がる夜の街を見下ろしていた。

「澪《みお》、ここにいたのか」

背後から聞こえたのは、ここ数年ですっかり馴染みとなった琉煌の声。私は反射的にドレスを握り締め、弱い自分を心の隅へと押しやった。

ここからはお仕事の時間だ。

私は拳をゆっくりと開き、この数年で身に付けた極上の笑みを浮かべて振り返る。予想通り、そこには琉煌と――原作ヒロインの乃々歌《ののか》が並び立っていた。

紫月お姉様から聞かされた、ゲームのスチルそのままに。

「ご機嫌よう、琉煌、それに乃々歌。今夜は特別な夜になりそうね」

不遜に髪を掻き上げ、悪役令嬢らしく笑ってみせる。

「澪、最近のおまえはらしくないぞ」

「そうです。なにか悩みがあるなら話してください！」

「わたくしに悩みなんてないわ。それに、話すことがあるのは貴方達のほうでしょう？」

今日はこの世界の元となる、原作乙女ゲームのターニングポイントだ。今日、この場で、琉煌は悪役令嬢である私を断罪し、ヒロインの乃々歌と結ばれる。

それが、原作乙女ゲームのハッピーエンドを迎える唯一無二の条件だ。

そして、ハッピーエンドと引き換えに悪役令嬢は破滅する。だけど、それこそが、やがて日本を襲う未曾有《みぞう》の金融恐慌を乗り越え、私の大切な妹を救うための鍵となる。

私の選択に多くの人命が懸かっている。

だから私はこの仕事に誇りを持って、悪役令嬢らしくみっともなく破滅しよう。

「さあ、悪役令嬢のお仕事を始めましょう」

エピソード1

1

中学からの帰り道、病院に立ち寄るのが私の日課となっていた。

「澪お姉ちゃん、いつもありがとうね」

病院にある小さな個室のベッド、上半身を起こした少女が穏やかな声でお礼を言う。彼女の名前は雫《しずく》。私にとってかけがえのない妹だ。

だけど彼女は数年前に難病を患って、それからずっと入院生活を続けている。

「雫、体調はどう？」

「……うん、最近はだいぶ調子がいいよ」

その優しげな瞳に私を映し、ふわりと笑みを浮かべる。

彼女が患っている難病にはこれといった治療法がない。治るか悪化するかは本人の運次第である部分が大きいのだけれど、ここ最近の雫は少しずつ明るさを取り戻している。

この調子ならきっと、すぐに元気な雫に戻ってくれるはずだ。

「早くよくなって、昔のように一緒にお出かけしようね」

雫に手を伸ばし、私と同じ夜色の髪を指で梳《す》いてあげる。彼女はくすぐったそうに目を細めて「うん、そうなるといいね」と笑みを浮かべた。

「そういえば、今日学校でね——」

友達から教えてもらった流行について語る。他にも雫が愛読しているファッション誌を一緒に眺めたりと、穏やかな姉妹の時間を過ごした。

そうしてほどなく、スマフォに設定していたアラームが鳴った。バイトまではまだ少し時間があるけれど、今日は買い物があったことを思い出す。

「そろそろ行かないと」

「まさか、バイトの時間を早めたの？」

「違うよ。今日は少し買い物があるの」

「そっか。澪お姉ちゃん……その、ごめんね？」

「どうして雫が謝るのよ。それじゃ、もう行くわね」

雫の言葉を封じ、私は病室を後にした。

そうして部屋を出たところで雫の担当医と出くわした。年の頃はパパより少し若いくらいだけど、とても優秀な先生だと、仲良くなった看護師のお姉さんから聞いている。

「先生、いまから雫の往診ですか？」

「いや、キミに話がある。少し時間はあるかい？」

「……はい、少しなら」

　買い物は明日だって出来る。というか、妹の担当医から真面目な口調で私に話があると言われて、それを聞かないなんて出来るはずがない。

　私は先生の案内で、受付の奥にある部屋へと連れてこられた。

　看護師さんの勧めに従って、そこに置かれていた丸椅子に腰掛ける。そうして、向かいの席に座った先生に「……話ってなんですか？」と問い掛けてスカートを握る。

「話というのは他でもない、雫さんのことだ。ご両親には先生の口からキミに上手く伝えて欲しいとお願いされ、雫さんにはキミに黙っていて欲しいとお願いされたんだが……」

　長い前置きが私の胸をじりじりと焦がす。

「教えてください、雫になにかあったんですか？」

「……落ち着いて聞いて欲しい。雫さんの容態がかなり悪化しているんだ」

　とたん、目の前が真っ暗になった。

「嘘、です！　雫、さっきも最近は調子がいいって……っ」

「それは……キミの前だからだよ。彼女はキミが来たときだけ元気に振る舞っているんだ。本当なら、キミと話すだけでもかなりしんどいはずだ」

「……そん、な」

　信じられない。信じたくない。

でも同時に、先生の言葉が真実だと納得する自分がいた。私が元気かと問い掛けたときの雫は私の目を見て、それから一拍おいて笑みを浮かべた。

自然に零《こぼ》れた笑みにしては、不自然におかれた一拍の間。

あれは、私を心配させないために、無理に浮かべた笑顔だったのかな？　そうして思い返すと、心当たりがいくつも浮かんでくる。

私は思わず先生に縋《すが》り付いた。

「先生、教えてください。雫は……雫は、どういう状況なんですか？」

「……いますぐどうということはない。ただ、よくない方向に向かっていることだけはたしかだ。このままだとおそらく……あと三年といったところだろう」

ふらりと、その場で意識を失いそうになった。

その瞬間、背後に控えていた看護師のお姉さんに肩を支えられる。

あぁ……そっか。私に椅子を勧めたのは、こうなることを予想していたからか。

——と、そんなどうでもいいことを理解して冷静になる。私は先生の言葉を思い返した。

雫は私の一つ下で中学の二年。つまり、雫が高校を卒業することは出来ない。

思わず唇を噛んだ。

雫が患っているのは難病の一つだ。完治した例もいくつか存在するが、これといった治療法は存在しない。運命に身を任せ、やがて死に至るケースが大半である。

それでも、雫は小康状態を保っていた。だから、いつかは難病なんて蹴り飛ばし、元気な雫が帰ってくるんだって信じてた。……信じて、いたのに……っ。

「お願いします、雫を救ってください！　必要なら、私の臓器でもなんでも使ってくれてかまいません！　だから、どうか、お願いだから、雫を……妹をっ！」

「残念だが、臓器移植で救えるような病気ではないんだ。それに、現時点でこれといった治療法は存在しない。海外では様々な治験がおこなわれているから、あと五年も経てば……」

先生は酷く後悔した表情で口を閉じた。その五年が、雫には残されていない。奇跡でも起きなければ、雫を救うのは不可能だということだ。

「……悔しいよ。どうして神様はこんな酷いことをするの？」

雫はとても優しい女の子だ。

心配させまいと、私の前では笑顔を浮かべていた。先生を口止めして、私が雫の状態を知らないでいられるようにしようとした。自分が一番苦しいはずなのに、私や両親の心配ばかりしている。そんな天使みたいな雫が、成人することすら出来ないの？

あまりの悔しさに、私の視界が涙でにじんだ。

「澪さん、気を落とさないで。さっきも言ったが、いますぐどうということはないんだ。それに、三年と言ったのは、回復の兆候が見られなければ、ということだよ。いまは悪化を続けているが、いつか回復の兆しが現れるかもしれない」

もちろん、可能性は零じゃないのだろう。

でも、いままで私が思っていたほど、元気になれる確率は高くない。先生の言葉が私に対する慰めの意味しか持たないと理解して、それでも希望を取り戻すなんて私には出来なかった。

慰めに対して「ありがとうございます」と精一杯の笑みを返す。そうして不器用に笑う私に、先生はとても哀しそうな顔をした。

「……しばらく、ここで休んでいくといい」

先生はそう言って、看護師のお姉さんと共に席を外した。

一人で席に座り、思い返すのは雫との思い出だ。

小さい頃の私は自分に自信がなくて、よく妹の雫に手を引いてもらっていた。私が近所の男の子にからかわれたときは、雫が私を庇《かば》ってくれた。

いまの私があるのは雫のおかげだ。

その雫があと三年で死んでしまう。

そう思うと胸が苦しくて、昔のように雫に泣きつきたくなってしまう。

だけど……ダメだ。

私よりずっと雫のほうが辛い状況にある。

残された時間がわずかだと知って一番絶望したのは雫本人だ。それなのに、私がここで下を向く訳にはいかない。いまこそ、私がお姉ちゃんとして雫を支える番だ。

でも、私に雫の病は治せない。

いまの私に出来るのは、妹の入院費用に充てるお金を稼ぐことだけだ。だから――と、私は袖で目元を拭って席を立った。そうして先生に挨拶をして、バイト先へと向かう。

私はまだ十五歳。

中学三年の私は本来働くことが出来ないけれど、家庭の事情を鑑み、親戚のお姉さんが経営するカフェで働くことを特別に許可してもらっている。

バイト先のカフェは、桜花百貨店の上層階にある。その百貨店の正面、横断歩道の向かい側で信号待ちをしていた私は、辺りを見回すお嬢様風の女の子を見かけた。

長いブロンドの髪は、この国でもそれほど珍しくはない。珍しいのは、私が身に付けるのとはまるで違う、高級感あふれる装いをしていることだ。

手には煌びやかな手提げ鞄、暖かさそうなモコモコのコートを羽織り、その下にはハイウエストのロングスカートというコーディネートで見るからにオシャレ。

あんなふうに着飾れば、私も可愛くなれるのかな？　雫が病気じゃなければ――と、一瞬だけ浮かんだ醜い感情を慌てて振り払う。

ばか、なにを考えてるの？　私にとって雫は誰よりも大切な存在じゃない！

その雫のことを疎《うと》ましく思うなんてあり得ないと、自己嫌悪に陥って頭を振った私は、背後からお嬢様に近付く男性に気が付いた。

お嬢様はきょろきょろと辺りを見回していて、背後の男には気付いていない。というか、男はお嬢様に気付かれないように立ち回っている節がある。

怪しい――けど、知り合いが脅かそうとしているだけかもしれない。

そう思った次の瞬間、男がお嬢様の手提げ鞄をひったくった。お嬢様が驚いて振り返る。それと同時、私の横を駆け抜けようとするひったくり犯。

気が付けば、私はその男が手にする手提げ鞄に飛びついていた。

「――っ、なんだ、おまえは、放せ！」

「貴方こそ、鞄を返しなさいよ！」

「くっ、放せって言ってるだろ！」

ドンと突き飛ばされた私は歩道の上に倒れ込んだ。だけど、鞄の感触は胸の中に残っている。鞄を奪い返されたことに気付いたひったくり犯は舌打ちして逃げていく。

「貴女……大丈夫？」

気遣う声に気付いて顔を上げれば、気の強そうな美少女――鞄をひったくられたお嬢様が、心配そうな顔で私を見下ろしていた。

年の頃はおそらく私と同じか、少し上くらいだろう。スタイルはよく、手足も細くスラリと伸びている。まるでモデルのように整った体型。

　そして、ブロンドのロングヘアに縁取られた小顔には、意志の強そうな紫の瞳と高い鼻、それに艶のある唇が絶妙なバランスで収まっている。年相応の幼さは残しているが、まるでファッション誌のトップを飾る女の子のような輝きを秘めている。

　私は思わず、そんな彼女に見惚れてしまった。

「ねぇ、ちょっと、ほんとに大丈夫？　頭でも打った？」

「あ、いえ、大丈夫です」

　彼女の声で我に返り、慌てて問題ないと取り繕う。それから、ひったくり犯から取り返した鞄を胸に抱いたままだったことを思い出す。

「そうだ、この鞄、お返ししま――すっ!?」

　彼女に鞄を差し出した私は声にならない悲鳴を上げた。ひったくり犯と引っ張り合ったせいか、持ち手の付け根が大きく裂けていたからだ。

「――ごめんなさいっ！」

　鞄を差し出したまま深々と頭を下げる。

　これ、ブランドのバッグだよね？　もし弁償しろって言われたらどうしよう？　そんなふうに心配するけれど、すぐに「貴女が謝る必要はないでしょう？」と穏やかな声が響いた。

　顔を上げると、彼女は「取り返してくれてありがとう」と鞄を受け取った。

「心配する必要はないわ。ひったくり犯から鞄を取り返してくれた貴女に文句を言うなんて、そんな恩知らずな真似はしないわ。それに、償いは彼にさせるから」

――と、アメシストのような瞳を細め、私の斜め後ろに視線を向ける。釣られて振り向くと、黒服の男に拘束されたひったくり犯の姿があった。

いつの間にか、周囲に黒服の男やメイドが集まっている。

「お嬢様、ひったくり犯はどういたしましょう？」

「そうね、ただの身の程知らずだと思うけど、私個人を狙った可能性もあるから尋問はしておいて。警察には、確認が終わったらお届けすると伝えなさい」

命令を下す姿は凜として、人を使うことに慣れきっていることがうかがえた。やっぱり、本物のお嬢様なんだと感心していると、指示を終えたお嬢様が私に向き直った。

「あらためてお礼を言うわ。私の鞄を取り返してくれてありがとう」

「いえ、そんな、私はなにも……」

というか、ひったくり犯は彼女の護衛かなにかに捕まっている。私が手を出さなければ、鞄が傷付くこともなかったんじゃないかなと思ってしまう。

でも、彼女は私の内心を見透かしたかのように首を横に振った。

「貴女が足止めしてくれなかったら逃げられていたかもしれないわ。それに、仮にそうじゃなかったとしても、貴女が私を助けようとしてくれた事実は変わりないもの」

だから、ありがとう――と、微笑む彼女の姿はとても美しかった。

そんな彼女の紫の瞳が猫のように細められる。

「ところで貴女、お礼をしたいのだけど、いまから時間はあるかしら？」

「え、時間――」

と、スマフォの時計を見た私は青ざめた。

「ご、ごめんなさい、バイトに遅刻しそうだからもう行きます！」

幸いにも横断歩道の信号は青。私はお嬢様の返事を聞く暇も惜しんで駆け出した。

横断歩道を渡り、桜花百貨店の玄関をくぐり、エレベーターを使って上層のレストラン街へ移動する。続けてフロアを早足で駆け抜け、私が働いているカフェに飛び込んだ。

現在の時刻は、バイト開始の五分前を少しだけ割り込んでいた。

「……はあ、はぁ、楓《かえで》さん、遅くなってすみません」

「あら、走ってきたのね。時間には遅れていないし、そこまで急がなくても大丈夫よ」

柔らかく微笑んで、水を注いだコップを差し出してくれたのは楓さん。このカフェを経営する店長で、私の従姉に当たるお姉さんだ。

私はコップの水を受け取って、くいっと一息に飲み干した。

「ありがとうございます。でも、雇っていただいている身ですから」

「ふふ、ずいぶんと頼もしくなったわね。初めてバイトに来たときは、お客さんに話しかけられただけではわわ～って、なっていたのに」

「か、楓さん、恥ずかしいことを思い出させないでください！」

指先で火照りそうな頬を隠し、着替えてきますからと更衣室へ足を運んだ。

更衣室で学校の制服を脱いだ私は、雫の担当医から聞いたことを思い出して胸が苦しくなった。でも、負けちゃダメだと自分を叱咤して顔を上げる。

そうして身に付けるのは、ブラウスとズボンを合わせたカフェの制服だ。ウェイトレスの制服はスカートなのだけど、私だけがズボンという出で立ち。

中学生の私が出来るだけトラブルに巻き込まれないようにという、楓さんの気遣いである。

ちなみに、私がこのカフェで働くようになってもうすぐ一年が経つ。

最初は叱られることも多かったし、困った客の対応を上手く出来なくて悔しい思いをしたこともある。でもいまは、ウェイトレスとしてそれなりに働けていると思う。

レジはいまだに触らないように言われているけど、オーダーを通したり、出来上がった料理を運んだり、お客さんが帰った後のテーブルを片付けたりするのは私の仕事だ。

そうして一通りの仕事をこなしていると、客足が落ち着いた頃に二人組の女性客がやってきた。銀髪のお姉さんは二十代半ばくらいで、金髪の少女は十代半ばくらい。年齢だけを考えれば、少し歳の離れた姉妹かなにかと思うところだけど――その二人に限っては違うだろう。

二十代半ばのお姉さんはメイド姿で、もう一人は——さきほどのお嬢様だった。どうしてここに……と困惑していると、楓さんに小声で接客を促される。

我に返った私は慌てて二人を出迎えた。

2

「いらっしゃいませ、お席に案内いたします」

「——恐れ入りますが、窓際の席でもよろしいですか？」

案内をする私にメイドさんが希望したのは、窓際にある四人掛けのテーブル席。混んでいる時間帯なら遠慮してもらうところだけど、この時間帯なら問題はない。

「かしこまりました。では、窓際の席にどうぞ」

席に案内して、お水をお持ちしますと言ってカウンターの奥に戻る。そうして水を注いだグラスをトレイに乗せていると、さきほどのメイドさんがやってきた。

彼女はカウンター越しに話しかけてくる。

「失礼いたします。このお店の責任者はどなたでしょう？」

「責任者は楓さんですが——」

そう言って視線を向ければ、声が聞こえていたのか、楓さんが「私が責任者の松山ですが、どういったご用件でしょうか？」と応じた。

「申し遅れました。わたくし、桜坂財閥の紫月お嬢様にお仕えするシャノンと申します」

私達は揃って目を見張った。桜坂財閥といえば、三大財閥の一角。日本で暮らしていて、その名を知らない者はいないほど有名な財閥だ。

「その桜坂財閥のメイドさんが、私になんのご用でしょう？」

「さきほど、そちらのお嬢さんに紫月お嬢様がお世話になりまして。ぜひお礼をしたいとお嬢様が仰っています。ですので、彼女のお時間を少しお貸しいただけないでしょうか？」

「桜坂財閥のお嬢様のお世話を、澪が？」

楓さんに『どういうことか説明して！』と目で訴えられる。私は少し目を泳がせつつ「さっき、その……色々ありまして」と応じた。

色々ってなによ！　と言いたげな楓さんはちょっぴり涙目である。

「松山様、言葉足らずで申し訳ありません。さきほど、彼女がひったくり犯から、お嬢様の鞄を奪い返してくださったので、そのお礼という意味で他意はございません」

「そ、そうなの？　というか、澪、そんな危険なことをしたの？」

ジロリと睨《にら》まれてさっと視線を逸らした。

楓さんは小さく溜め息をついて、メイドのシャノンさんに視線を戻す。

「事情は承りました。――澪、少し休憩を取ってかまわないわ」

「接客は大丈夫ですか？」

　私が来る前にいたバイトは入れ替わりで上がっている。まだ混み始める時間ではないけれど、私が席を外すと困るのではないかと心配した。

「僭越ながら、澪様をお借りしているあいだは、私が接客のお手伝いをさせていただきます」

　シャノンと名乗ったメイドさんが名乗りを上げる。楓さんは私とメイドさんを見比べ、どこか疲れた顔で「そういうことみたいだから大丈夫よ」と息を吐いた。

　なんかごめんなさいと心の中で謝って、私はお嬢様が座る席に向かった。

「お待たせしました」

「来たわね。まずは座って」

　勧められたのは上座の席、お嬢様が座っているのが下座である。

　窓際の席で分かりにくかった――なんて、財閥のお嬢様やメイドさんが気付かないはずないよね。ということは、恩人として私を立ててくれているのかな？

　そう思った私は彼女の勧めに従って席に座った。それを見届けたお嬢様がふっと笑う。

「物怖じしない性格ね。それに頭の回転も悪くないし、判断までの時間も速い。やっぱり、私の判断は間違っていなかったわ」

「……はい？　あの……なんのお話ですか？」

「貴女へのお礼の話よ」

どう考えても、そういう話じゃなかった気がする。でも、それは情報が足りていないからだろう。そう思った私は彼女が説明するのを待った。

お嬢様は満足気に頷き、話を再開する。

「そういえば名乗っていなかったわね。私は桜坂 紫月よ」

「あ、すみません。私は――」

「佐藤 澪さんでしょ？　貴女へのお礼を考える際に、少し貴女のことを調べさせてもらったわ。妹さんがずっと入院しているそうね？」

名前どころか、妹のことまで知られている。あれからまだ一時間くらいしか経っていないのに、彼女は私の素性を調べ上げたらしい。

でも、私が感心していられたのは次の言葉を聞くまでだった。

「妹さんの容態、思わしくないそうね」

なぜそのことを話題にするのか理解できなかった。バイトに集中して頭の片隅に押しやっていた不安が、再び胸の内を支配し始める。

彼女に対する負の感情と、妹を心配する負の感情が交ざってぐちゃぐちゃになった。

「わたくしの代わりに悪役令嬢になりなさい。そうしたら貴女の妹を助けてあげる」

不意に、彼女がそんな提案をした。いきなり、悪役令嬢になれと言われても意味が分からない。でも、妹を助けるという言葉が私の琴線に触れた。

「……妹を、助けられるんですか？」

縋るような視線を向ける私に、彼女はこくりと頷いた。

「わたくしの代わりに、貴女が悪役令嬢になってくれるのならね」

もしも悪魔に魂を差し出せと言われたなら、私は即座に頷いたかもしれない。けど、悪役令嬢になれというのは、応じる応じない以前に意味が分からない。

そうして混乱した私は思わず——

「貴女は悪役令嬢なんですか？」

すごく失礼なことを口走ってしまった。

でも、

「そうよ」

返ってきたのはそれを肯定する言葉。

彼女がお嬢様であることは間違いない。でも、悪役令嬢と言われて思い浮かべるような嫌味な性格だとは思えない。私をからかっているのなら酷いと思うけど……

そうやって私の混乱が加速していく。

「すみません、順を追って説明していただけますか？」

「そうね、少し急すぎたわね。まずは……そう、お礼の話から始めましょう。取り引きに応じてくれるのなら、貴女の妹を助けてあげるわ」

「……妹の、病気を知っているのですか？」

「そちらも確認済みよ。難病を患っていて、最近になって症状が悪化しているのよね？」

「それでも、妹を助けてくれる、と？」

彼女の返答を待つ私は、知らず知らずのうちに固唾《かたず》を呑んでいた。私には雫を救う方法を見つけられなかったけど、桜坂財閥のお嬢様ならなにか方法を知っているかもしれない。

「海外で治験がおこなわれているのは知っているかしら？」

「……はい。でも、治療法として認可されるのは、早くても五年だって」

「少し違うわね。日本で一般的に治療を受けられるようになるまでが五年くらいよ。海外で認可されるのはおそらく三年後になるわ」

「……三年後なら、その治療を受けられるんですか？」

先生が言うには、雫の余命はあと三年ほどだ。三年後に治療法が認可されるなら、雫はギリギリ助かるかもしれないとわずかな希望を抱いた。

「残念だけど、ただの庶民が海外で認可されたばかりの治療を受けるのは不可能よ。よほどのお金とコネがなければ、ね」

「お金と、コネ……」

どちらも私にはないものだ。だけど、彼女は取り引きと言った。だったら――と、期待と不安をないまぜにしたような視線を向けると、桜坂財閥のお嬢様は小さく頷いた。

「その治療法を研究している機関には、私個人が資金援助をおこなっている。つまり、私が声を掛ければ、誰よりも早くその治療を受けることが可能よ」

ここに来て、雫を救える希望が見えてきた。

だけど――と、彼女は続ける。

「ひったくり犯から鞄を奪い返してくれたことは感謝しているわ。でも、貴重なコネを使い、莫大な治療費を肩代わりするほどの感謝ではないわ」

「それは……はい」

様々な費用を含めると、入院しているだけでも毎月数十万円の費用が掛かっている。保険が利かない海外の最新医療ともなれば、桁がいくつか変わってもおかしくない。

貴重なコネと莫大な費用、それをひったくり犯から鞄を取り返しただけでお礼に欲しいなんて、言えるはずがない。

だけど、それでも――と、私は唇を噛んだ。

雫を救える可能性が目の前にあるのに、私はその希望を摑むことが出来ない。自分の非力さに下を向いていると「だから、恩人の貴女に機会をあげようと思ったの」と彼女は言った。

そうだ、彼女は交換条件を出していた。

それを思い出した私は顔を上げる。

「その条件というのは、貴女の代わりに悪役令嬢になること、ですか？」

「ええ。貴女が悪役令嬢になって目的を果たしてくれたのなら、新たな治療法が認可され次第、雫さんに治療を受けさせてあげる。もちろん、費用はすべてこちら持ちよ」

その治療法が、本当に雫の病を癒やしてくれる保証は何処《どこ》にもない。だけど、いままでは、雫が助かる可能性すら存在していなかった。

その治療法こそが、雫を救う唯一の希望のように思えた。

問題は、治験が終わるのがおよそ三年後ということだ。その治療法で本当に雫の病気が治るのだとしても、雫がそれまで生きられなければ意味がない。

そんな私の懸念を見透かしたかのように、彼女は提案を口にする。

「貴女がひったくり犯から鞄を取り返してくれたお礼に、妹さんを国内で最高の医療体制が整った、財閥御用達の病院で面倒を見てあげる。もちろん、その費用もこちらで持つわ」

「……財閥御用達の病院、ですか？」

入院費用を肩代わりしてくれるのは嬉しいけど、いま重要なのは新たな治療が受けられる三年後まで雫が生きられるかどうかだ。

その病院を勧められる理由が分からなくて首を傾げる。

「最新医療機器はもちろん、設備も充実した病院よ。医師の数に対して患者の数が少ないから、二十四時間態勢で患者の容態をモニタリングすることも出来るわ」

「え、それじゃあ……」

「総力を挙げて、妹さんの延命を図ると約束するわ」

すごい——と、私は目を見張った。

さっきまでは、雫を救う方法はもうないんだって絶望していた。

だけどいまは、目の前に雫を救えるかもという希望が見える。

「教えてください。悪役令嬢になれというのはどういう意味なんですか？」

「……ええっと、悪役令嬢は分かるわよね？」

「乙女ゲームなんかに出てくる、悪役であるお嬢様のことですよね？」

性格が悪く、その地位や権力を使ってヒロインを虐めたりする悪役のお嬢様だ。ユーザーの敵意を集めた後は、ユーザーの鬱憤を晴らすような形でみっともなく破滅する。

いわゆる噛ませ犬のような存在だ。

「その悪役令嬢になって欲しいの。わたくしの代わりに」

「……その、お嬢様の代わりというのはどういう意味ですか？」

「紫月でかまわないわよ」

恐れ多いとは思ったけど、いまは質問の答えを聞く方が重要だと思って、紫月さんと言い直す。そうして「お芝居かなにかに参加しろ、ということでしょうか？」と尋ねた。

「そうとも言えるけど、そうじゃないとも言えるわね。貴女が演じるのは何処かの劇場にある舞台の上じゃなくて、この世界という舞台の上だから」

「それは、どういう……」

困惑する私に彼女は静かに言い放った。

「ここは、乙女ゲームを元にした世界なの」

理解が追いつかなかった。すぐに冗談だと思おうとした。でも、紫色の瞳でまっすぐに私を見つめる彼女の姿は、とても冗談を言っている人の顔ではない。

少なくとも、彼女は本気でそう言っているように見えた。

でも、だからといって、そんな突拍子もない話は信じられない。そう口にしようとした瞬間、紫月さんのスマフォからアラーム音が聞こえた。

「そろそろ時間ね。澪、そこから、私達が出会った横断歩道が見えるかしら？」

「え？　あぁ……はい、見えますけど……」

窓から見下ろした景色には、さきほどの横断歩道の向こう側が見えている。でも、それがどうしたんだろうと首を傾げる私に向かって、彼女はこう言った。

「次に歩道側の信号が青になったら、杖を突いたご老人が横断歩道を渡り始めるわ。だけど、あの信号は歩道の青が短いでしょ？　だから、通りかかった女の子が心配して、ご老人の荷物を持って、一緒に横断歩道を渡ってあげるのよ」

「……なんですか、それ」

「原作乙女ゲームのプロローグよ」

「私を……からかっているんですよね？」

信じられないと疑って掛かる私に、紫月さんは苦笑いを浮かべた。

「そうね、普通は信じられないわよね。わたくしも最初はそうだったわ。以前の私はいまと違う人生を歩んでいたの。でも、気付いたら生まれ変わっていた。それも、自分が好きだった乙女ゲームの登場人物に、ね」

「そんなことが……」

「あるのよ。もちろん、最初は否定しようとしたわ。でも、この世界はわたくしの記憶通りに歴史が進んでいる。だからこれも——ほら、信号が変わるわよ」

紫月さんが窓の下に視線を移すのを見て、私も半信半疑で追随する。真下に当たる手前の歩道は見えないけれど、向かい側の歩道から歩き始める人々の姿が確認できた。

そこに、それらしき老人の姿は見当たらない。

やっぱりからかわれたんだ。そう思った瞬間、手前の死角から杖を突いた老人の姿が現れた。続いて、老人の後ろを歩く、荷物を持った少女の姿が目に入る。

「……夢でも見ているの？」

こんな予言じみたことが現実に起こるなんてあり得ない。これがすべて、彼女の仕込みなのかもしれないという考えすら脳裏をよぎる。

でも、私はただの一般人だ。

そんな私を騙すために、桜坂財閥のお嬢様がここまで手の込んだことをするだろうか？

分からない。分からないから、彼女の言葉が真実かどうかは保留。私は紫月さんの言葉が真実であることを前提に、出来る限りの情報を集めることにした。

「……あれは、どういうシーンなんですか？」

「ご老人は十五大財閥の一つである名倉財閥の当主よ。そして女の子は原作乙女ゲームのヒロインである柊木《ひいらぎ》乃々歌。庶民の男と駆け落ちをした、当主の娘の忘れ形見よ」

「……孫娘、ということですか？」

「そうよ。乃々歌は、自分の祖父が財閥の当主だなんて知らなかった。でも、祖父の方はそうじゃない。お礼をするために彼女の名前を聞いて驚くことになるわ」

紫月さんがそう口にすると同時、横断歩道を渡りきった老人が女の子に話しかけた。そして、それに応える女の子に対し、老人は驚くような素振りを見せる。

ここから二人の表情がしっかりと見える訳じゃない。でも、紫月さんが言う通りのシーンにしか思えないやりとり。まるで、紫月さんの言葉に彼らが操られているかのようだ。

紫月さんは「そのシーンの描写はこうよ」と前置きを入れ、ナレーションのように語った。

「──それは、六つの鐘が鳴り響く聖夜に起きた奇跡だった」

直後、時計台の鐘が午後六時を知らせて鳴り響く。

あぁ……そういえば、今日はクリスマスイブだった。

歩道の二人に視線を戻した私は、それがゲームのワンシーンのようにしか思えなくなった。

「……本当に、ここは乙女ゲームを元にした世界なんですか?」

「信じられないのなら、後でいくつか予言をしてあげるわ」

堂々とした態度の彼女は、とても嘘を吐いているようには見えない。

なにより、私がその話を信じたいと思ってしまった。

だって──

「もしかして、妹の病を治す方法が三年後に認可されるというのは……」

「原作乙女ゲームの知識よ。原作乙女ゲームの登場人物に、貴女の妹と同じ難病を抱える子がいて、その治療法によって救われるの」

魂が震えた。

だって、紫月さんの言葉が本当なら、治験中の治療法は「あやふやな希望」なんかじゃない。成功が約束された、雫を救う「確実な希望」ということだから。

この機会を逃すなんてあり得ない。

だけど――

「一つ、確認させてください。悪役令嬢って……破滅しますよね？」

「ええ。悪役令嬢が最後に破滅するのは運命よ」

「では、代役を立てるのは、自分が破滅したくないからですか？　破滅したくないだけなら、破滅するようなことをしなければいいと思うのですが……」

犯した罪から逃れるために、スケープゴートを用意するのは分かる。でも、まだ罪を犯してすらいないのなら、破滅を回避する方法はいくらでもある。

悪役令嬢の代役を立てるなんて、回りくどい手段を選ぶ必要はないはずなのだ。

「そうね、わたくしが破滅を回避するだけならその通りよ。実際、わたくしは乙女ゲームの舞台となる学園には入学せず、海外の高校に留学するつもりだしね」

「なのに、悪役令嬢の代役を立てるんですか？」

彼女の意図が読めなくて警戒する。

「結論を言うと、ヒロインと攻略対象が結ばれないと、未曾有の金融恐慌が日本を襲うというバッドエンドが訪れるの。そしてその場合、治療法も確立されないの」

「それらを防ぐにはハッピーエンドが必要、という訳ですか」

「そう。そしてハッピーエンドを迎えるにはヒロインが攻略対象と結ばれる必要があって、二人が結ばれるためには、悪役令嬢の破滅が不可欠なのよ」

「……なるほど」

悪役令嬢の役目を果たすと紫月さんは破滅する。でも、悪役令嬢が役目を果たさなければ金融恐慌が起きる。それは財閥の娘である彼女にとって見過ごせない事態だろう。

だから、代役の悪役令嬢が必要、ということだ。

「つまり紫月さんは私に、ヒロインと攻略対象をくっつけるために悪役令嬢になって破滅しろ……と、そう言っているんですね？」

「妹さんの命と引き換えだもの。相応の代償があるのは当然でしょ？」

紫月さんは悪びれることなく言い放つ。

私はそれを聞いて――

「安心しました」

安堵から微笑んだ。

紫月さんの眉がピクリと動く。

「……安心？　どういうことかしら？」

「実のところ、あまりに私にとって都合のいい話だから、なにか騙されているんじゃないかなって警戒してたんです。でも、紫月さんの説明で納得がいきました」

それだけ重要な役目を任されるなら、妹の治療と引き換えでも不思議じゃない。そう納得したから安心したのだ。紫月さんはきっと本当のことを言っている、と。

そして彼女の言葉が事実なら、自分の身を差し出す覚悟はとっくに出来ている。

だから——

「私、悪役令嬢になります」

妹を救えるのなら迷わない。

たとえその先に待っているのが、私自身の破滅だと分かっていても。

3

桜坂財閥のお嬢様と取り引きして、悪役令嬢になると約束した。だがそれは、私が桜坂家の養女になることを意味していると告げられた。

聞いてないよと、ちょっと取り乱した。

でも、悪役令嬢にはそれ相応の身分が必要だと説明され、私はそれに納得してしまった。

妹を救うために桜坂家の養子になる必要があるのならためらう理由はない——と。

だけど、私が納得するのと、両親が納得するのは別問題だ。すべてを正直に打ち明けても、両親や妹に反対されることは想像に難くない。

だから私はまず、雫の病室へとおもむいた。

「澪お姉ちゃん、転院が決まった……って、どういうこと？」

「だからね。私がひったくり犯から鞄を取り返した相手が、偶然にも桜坂財閥のお嬢様だったの。それで雫のことを話したら、財閥御用達の病院で面倒を見てくれるって」

入院費用は全部相手持ちで、しかも充実した医療を受けられるんだよと説明する。それを聞いた雫は喜ぶでなく、ただ半眼になって私を睨んだ。

「お姉ちゃん？　いくら私でも、そんな作り話は信じないよ」

「そう言うと思って、はい、証拠」

紫月さんにお願いして撮影した、ツーショット写真をスマフォで表示する。

「うわぁ、モデルみたいに綺麗な人だね。でも、この人が財閥のご令嬢だって証拠にはならないよ。プロフィールでも載ってるなら別だけど――」

疑う雫に向かって、続けてあらかじめ検索していたページをブラウザで表示する。検索ワードは、財閥と桜坂　紫月だ。彼女がなにかのパーティーに出席した写真が表示されている。

それを見た雫は目を見張って、自分の手元にあるノートパソコンで検索を始めた。

「お姉ちゃん、もう一回、さっきのツーショット写真を見せて！」

「……これでいい？」

私がその写真を表示すると、雫はマジマジと私のスマフォと自分のノートパソコンを見比べる。それを十回くらい繰り返した雫は「嘘、本当に本人だ……」と呟いた。

「それじゃあ……私が病院を移るのも本当なの？」

「神様がくれたクリスマスプレゼントかもね。これで雫の病気もきっとよくなるよ」

私は優しく微笑みかける。

こうして、雫が医療体制の充実した病院へ移れるという事実を打ち明けた。だけど私が悪役令嬢を目指すことはもちろん、養子になることも打ち明けなかった。

理由は単純だ。

妹のために無理をしていると誤解されたくなかったから。

私がバイトを始めたのは雫の病室を個室にするため。

雫は私の一つ下で、十四歳の女の子だ。そんな年頃の女の子が不特定多数の人が出入りする大部屋で生活するのは大変だから、個室に入れてあげたいと思った。

だけど、そうするには個室ベッド代が掛かる。

医療費は限度額が決まっているけれど、リース代や食費をはじめとした経費は別に必要になる。個室を希望した場合の差額ベッド代も含めれば、月に数十万のお金が必要となる。

短期入院ならなんとかなっただろう。でも雫が患ったのは難病で、入院は年単位で続くことが予想される。数十万に及ぶ費用を毎月、何年も払い続けるのは大変だ。

それが分かっているからか、妹は個室に入りたいとは言わなかった。だから私が半ば強引に個室を指定して、その費用を稼ぐためにバイトを始めたのだ。

でもそれは、私がそうしたかったから。義務として嫌々やっている訳じゃない。なのに、バイトに行くと告げる私に、雫はいつも申し訳なさそうな顔をする。

だから、私が養子になることや、悪役令嬢を目指すことは秘密だ。三年後に最新の医療を受けられるかもしれないこともしばらくは秘密にする。

だけど、転院すると聞いた雫が浮かべたのは、様々な感情をごちゃ混ぜにした笑顔だった。

財閥御用達の病院に移ることで生じる希望と、そんな幸運があるのだろうかという困惑。そして、姉が無理をしているのではないかという疑念。

賢い雫は、私がなんらかの代償を支払った可能性を疑っているのだろう。

それでも、雫に想像が可能なのは、私が少し大変なバイトをしていると予想する程度だろう。私が桜坂家の養子になって、悪役令嬢を目指すことになったとは夢にも思わないはずだ。

だから、これでいい。

真実を知らなければ、雫がこれ以上の責任を感じることはない。

「転院は週明けだから、用意しておいて……くれるよね？」

このプレゼントを受け取ってくれるかと言外に問えば、雫は涙を浮かべて微笑んだ。

「ありがとう、澪お姉ちゃん。この恩は死んでも忘れないよ」

「……っ。それじゃ私は行くから。転院の用意を忘れないでね」

私はクルリと身を翻し、足早に雫のいる病室を後にした。

そして――壁に腕を叩き付けた。

雫はこの恩を〝死んでも〟忘れないと言った。自分の余命が残りわずかだと知り、自分には恩返しの機会が残されていないと思っているのだ。

それは転院の件を聞かされた後でも変わっていない。

雫はあの小さな身体で自分の死を受け入れてしまっている。

だけど、そんな悲しい結末を私は認めない。

雫は私が死なせない！


こうして両親に内緒で計画を進めた私は、その帰りにバイト先のカフェを訪れた。

代わりのバイトが見つかるまで、桜坂家が代理を派遣してくれることになり、私がバイトに向かう必要はもうないと言われた。でも、最後に一日だけ働かせて欲しいとお願いしたのだ。

結果、クリスマスが私にとって最後のバイトの日になった。カフェの制服に着替えてフロアに顔を出すと、ちょうど楓さんがレジを打っているところだった。

お会計をしているお客様の席を片付けるため、私はトレイを持って席に移動し、テーブルの上を片付ける。

まずは食器を下げて、続けてテーブルを綺麗に磨き上げる。周囲にゴミが落ちていないか確認すると、椅子の上に真っ白なマフラーが落ちていることに気が付いた。

お客さんが落としたのかなと、私はマフラーを持ってレジに急ぐ。

「楓さん、これ、忘れ物です」

「あっちゃ～、いまちょうど出たところよ。忘れ物置き場に置いておいて」

「……楓さん、このマフラーを使ってたの、どんな人ですか？」

預かっておくだけでも問題はないのだけど、私がこのお店で働くのは今日が最後だ。だから心残りは残したくない。そう思ってお客さんの特徴を尋ねた。

幸い特徴的な容姿だったから、いまならまだ見つかるかもしれない。

「ちょっと見てきます」

真っ白なマフラーを持って店の外に出る。少し周囲を見回すと、楓さんから聞いた通りのお嬢様風の恰好をした女の子が、少し離れた場所にたたずんでいた。

私の妹と同い年くらいだろうか？　儚げで愛らしい女の子だ。

「あの、すみませんっ」

「……なんだ、おまえは」

駆け寄ると、少し気の強そうな青年が、儚げな女の子を庇うように割り込んできた。女の子に負けず劣らずの整った顔立ちで、二人揃うとものすごく絵になっている。

思わず見惚れていると、青年が胡散臭《うさんくさ》そうな顔をした。

「あ、えっと、私はそこのカフェで働いている店員です。それで、マフラーの忘れ物を見つけて届けに来たんですが……そちらの女の子のマフラーではないですか？」

「……ああ、たしかにそれは瑠璃《るり》のマフラーだな」

女の子は瑠璃というらしい。彼女は自分の首にマフラーがないことを確認して、ハッと驚くような顔をする。どうやら、彼女のマフラーで正解だったようだ。

それを確認した私は、瑠璃ちゃんの首にマフラーを巻いてあげる。そうして顔を盗み見ると、されるがままの瑠璃ちゃんの頬が少し赤い。

「マフラー、もう忘れちゃダメだよ」

「……ありがとう、ウェイトレスのお姉さん」

赤らんだ顔で私を見ていた瑠璃ちゃんがぎこちなく笑った。この子、もしかして……と考えていると、青年に「おい、おまえ」と腕を摑まれる。

「……えっと、なにか？」

私が少し警戒すると、瑠璃ちゃんが「妹の前でナンパですか？」と首を傾げた。どうやら二人は兄妹のようだ。半眼で睨まれた青年があからさまに動揺する。

「いや、そうじゃない。その……さっきは疑って悪かった。それと、瑠璃のマフラーをわざわざ届けてくれたことに感謝する。これは瑠璃が大切にしているマフラーなんだ」

「そうだったんですね、なくさないでよかったです」

私は笑みを浮かべ「ところで――」と瑠璃ちゃんに視線を向ける。妹の件で人の体調について注意深くなっているせいか、頬を火照らせる瑠璃ちゃんの様子に目が行ってしまう。

「彼女、もしかしたら熱があるんじゃないですか？」

「なにっ⁉」

青年が慌てて瑠璃ちゃんのおでこに手のひらを押し当てた。それから反対の手を自分のおでこに当てると、その温度差をたしかめて表情を険しくした。

「……たしかに熱があるようだな。すぐに家に帰ろう」

「これくらい大丈夫です」

「おまえの大丈夫はあてにならない」

次の瞬間、青年が瑠璃ちゃんを抱き上げた。

うわぁ……お姫様抱っこだ、私と同い年くらいなのに、女の子を軽々と抱き上げるなんてすごい。とても妹さん想いなんだね。妹ラブの私的に、妹を大切にする男の子はポイントが高い。そんなふうに微笑ましく思っていると、青年が私に視線を向けた。

「妹は病弱なクセに意地っ張りでな。熱が出ていることに気付いてくれて助かった。この借りは、後日必ず返すと約束しよう」

青年はそう言いながら私の制服を見て、続けて私がやってきた方に視線を向けた。もしかしたら、後日カフェにお礼に来るつもりなのかもしれない。

だけど、私がカフェでバイトをするのは今日で最後だ。

私と彼が再会することはない。

「気にしなくていいですよ」

「そうはいかない。受けた恩は必ず返す」

彼はそう言い残し、瑠璃ちゃんをお姫様抱っこしたまま去っていった。瑠璃ちゃんは恥ずかしそうに下ろしてと抗議していたけれど、彼は聞く耳を持っていないみたいだ。

そんな二人の微笑ましい姿を無言で見送り、私もまたカフェに戻る。

「おかえり、どうだった？」

入り口で、心配そうな楓さんに出迎えられた。

「大丈夫です、ちゃんと届けられました」

「そう、よかったわ。……それじゃ、バイトの最終日、よろしくね」

「はい、任せてください！」

寂しさを振り払い、私は最終日のバイトに臨む。

今日はクリスマスということで、桜花百貨店も若いカップルや親子連れなんかで賑わっていた。普段より客足が多く、また客の出入りもいつもより激しい。

楓さんは大忙しで、私もまたせわしなくフロアの中を走り回った。そうして夜になり、客足が落ち着いた頃、ついにバイトの終わる時刻が訪れた。

私はカウンターの向こうにいる楓さんにぺこりと頭を下げた。

「楓さん、いままで中学生の私を働かせてくれてありがとうございました」

「こちらこそありがとう。貴女が働いてくれてよかったって心から思っているわ。また働く気になったらいつでもいらっしゃい。貴女ならいつだって大歓迎よ」

「楓さん、ありがとう！」

感謝の気持ちを込めてお礼を口にする。

すると、楓さんが不意に心配するような面持ちになった。

「ところで、シャノンさんから事情を聞いたわよ。桜坂家の養子になるんですってね？　ずいぶんと思い切ったことをしたわね」

「条件がよかったんです。あと、すみません。その件は秘密なので……」

「もちろん分かってる。シャノンさんから口止めされているし、桜坂財閥を敵に回すような真似はしないわ。ただ、両親をどうやって説得したのかなって」

私はそっと視線を外した。

「……もしかして、まだ話してないの？　どうするつもりよ」

「大丈夫です。作戦はちゃんと考えています」

「作戦?」

私はこくりと頷き、パパとママのことを思い出して微笑んだ。

「私のパパとママはすごく優しいんです。それに私達のことを心から大切にしてくれています。だから、娘を犠牲にするようなことは絶対にしない」

「そうね。でも、だからこそ、貴女を養子に出すのは反対するはずよ?」

その言葉には首を横に振った。

医療費の肩代わりだけが条件なら、楓さんの言うように賛成してくれなかっただろう。でも、そうじゃない。私が養子になれば、雫の命を救う希望がある。

だから——

「必ず賛成してくれると私は信じてます。だってパパとママは大切な娘のためなら、どんな犠牲だって厭わない優しい人だから」

私がそう言って笑うと、楓さんは複雑そうな顔をした。

「澪、貴女も二人の大切な娘なのよ?」

「もちろん分かっています」

だからこそ大丈夫だという確信が私にはあった。

「……分かっているならもうなにも言わないわ。でも、なにか困ったことがあればいつでも相談しなさいね。貴女が私の可愛い従妹であることは変わりがないもの」

優しく微笑む楓さんに、私は深く頭を下げた。


準備は整った。

私は満を持して、途中でシャノンさんと落ち合って家に帰った。そうして、紫月さんが私をいたく気に入って、養子にしたがっているという方向で両親を説得する。

私が悪役令嬢になって破滅を目指す——という部分はもちろん秘密である。

それでも——

「なにを言っているんだ、澪！」

「そうよ、貴女を養子になんて出すはずないでしょう？」

桜坂家の養子になりたいと言う私に、パパとママは猛反対した。

それは私にとって予想通りの反応だ。

パパもママもすごく優しくて、心から私のことを愛してくれている。私が他所の子になるなんて言い出せば、絶対に反対すると分かっていた。

だから——

「私が養子になれば、雫の病気が治せるかもしれないの」

私は雫のことを持ち出した。

パパとママの顔が目に見えて強張った。

「雫の容態、あまりよくないんだよね？　でも、海外では、雫が患っている難病を治療する方法を研究する機関があって、その治療の治験が三年以内に終わると言われているの」

「その話なら私達も知っている。だが、雫がその治療を受けられるのは……」

パパが唇を噛んだ。

「分かってる。普通ならもっと後になるんだよね？　でも、紫月さんが言ってくれたの。桜坂家の養子になるのなら、コネを使って最速で治療を受けさせてくれるって」

「それは……」

昨日の私と同じような心配をしているのだろう。私が一度通った道だから、それらを予測するのは簡単だ。だからその説明は、事前にシャノンさんにお願いしてある。

パパとママに向かって、シャノンさんが口を開いた。

「澪様の仰っていることは事実です。もしも澪様が桜坂家の養子になることを受けてくださるのなら、最速で最新医療を受けられるように手配すると約束いたします」

パパとママが顔を見合わせる。

そこに畳み掛けるように、シャノンさんが追加の提案をする。

「その上で、雫様は財閥御用達の病院に転院させ、二十四時間態勢で容態をモニタリングいたします。もちろん、それらに掛かる費用はすべて桜坂家で負担いたします」

転院と、転院先でかかる入院費の件はすべて、私がひったくり犯から鞄を取り返したことへのお礼だ。でも私は、それがひったくりの件ではなく、養子との交換条件であるかのようにパパとママを誤解させる。

「私が養子になれば、これだけの手当を受けられるんだよ」――って。

紫月さんの提案はなにからなにまで至れり尽くせりだ。この話に乗れば本当に雫が助かるかもしれないと、一度は絶望した私が希望を抱くほどに。

でも、だからこそ、パパとママは表情を強張らせた。私を養子に差し出して雫を救うか、私を養子に差し出さずに雫を諦めるか、どちらかを選ばなくてはいけないと気付いたから。

絶望と希望をないまぜにして、どちらかしか選べない自分達の不甲斐なさに唇を噛む。そのときのパパとママの顔を、私はきっと一生忘れないだろう。

パパとママは、雫の命と、私の養子縁組を天秤に掛け、その答えを出せないでいる。

雫と同じように私を愛してくれている。

――だから、私はお願いした。

「雫を助けたいの。そのために、桜坂家の養子になることを認めてください」

パパとママが、雫のために私を手放すんじゃない。

私が、雫のために家を出る。それを認めて欲しいのだと懇願する。

これで、二人は私のお願いを断れない。だって、パパとママは娘を心から大切にしている。娘のためなら、どんなことだってしてくれるほどに。

だから、娘である私の本気の願いを無下《むげ》にしたりしない。娘である雫を救える機会を手放したりしない。たとえそれが、愛する娘を手放す悲しみを背負うことと引き換えだとしても。

だから、パパとママは泣きながら私に謝って、最後は私の選択を認めてくれた。

その上で、シャノンさんに深く頭を下げた。

「どうか、娘達をよろしくお願いします」――って。

こうして、私は桜坂家の養子になることが決定した。思ったよりもあっさりと事が進み、用意した切り札を使わずに済んだことに私は心から安堵する。

・・・・・・

それから、戸籍のロンダリングをすることになった。

元庶民の養子では、悪役令嬢としての立場が弱いということで、私は庶民の娘と駆け落ちした、桜坂財閥の前当主の兄の孫娘ということになった。

どうやら、駆け落ちした人物は本当にいるらしい。ただ、桜坂財閥の力でその家族の存在は隠されていて、見つけ出すのはほぼ不可能ということだ。

その立場を私に当てはめた。

庶民の娘と駆け落ちした前当主の兄と、その娘夫婦――つまり、私の祖父母や両親は桜坂財閥の力でその存在を隠されていて、孫娘の私だけが桜坂財閥に復帰することになる。

——という設定。

書類上のこととはいえ、立派な戸籍の改竄《かいざん》である。

だから、この秘密は決して人に知られてはいけない。人前でパパやママの娘だと名乗ることは出来ないし、雫のお姉ちゃんだと名乗ることも出来なくなった。

それが寂しくないといえば嘘になる。

でも、とっくに覚悟は決まっていると、養子縁組の書類にサインをした。

これが、私が佐藤 澪として過ごした最後のクリスマス。

これからの私は桜坂 澪となり、悪役令嬢としての人生を歩み始める。

エピソード2

1

桜坂 澪に生まれ変わったその日、私はわずかな手荷物を持って生まれ育った家を出る。

玄関で靴を履いて外に出ると、迎えに来たリムジンの側にパパとママが揃っていた。

どうやら、シャノンさんに私のことをお願いしているようだ。

それを理解した瞬間、訳も分からず涙があふれそうになった。きゅっと拳を握り締めて笑みを浮かべ、何事もなかったかのようにみんなの元へと駆け寄る。

「おはよう。えっと……その、二人とも」

パパとママ、そう呼ぼうとして寸前で踏みとどまった。それに気付いたのか、二人が揃って唇を噛む。その横でシャノンさんが私の前に進み出た。

「おはようございます、澪お嬢様。お車に積み込むので、お荷物をお預かりします」

「え、でも荷物って言っても、これだけで……」

着替えも、身の回りの物もすべて、桜坂財閥の娘に相応しい物を向こうで用意してある。

そう言われたから、私の手荷物は必要最小限の小さな手提げ鞄が一つだけだ。

それなのに、なにを言っているんだろうと首を傾げた。

そんな私に対し、シャノンさんは静かに頭を下げた。

「実は出発の準備が少々滞っておりまして、私はしばらく席を外します。大変申し訳ありませんが、澪お嬢様はここでお待ちください」

恭しく頭を下げると、私の手荷物を持って踵《きびす》を返した。その後ろ姿を見送った私は、シャノンさんの言葉の裏に隠された意図にようやく気が付いた。

シャノンさんの背中に向かって感謝の言葉を伝えて、それからパパとママに向き直った。

「パパ、ママ、行ってくるね」

「……行って？　いや、それよりも、その呼び方は……」

「ここには私達しかいないから大丈夫だよ」

公式の場では、桜坂 澪として振る舞わなければいけないけど、家族しかいない場所でなら、佐藤 澪として振る舞ってもバレることはない。

いまなら目こぼしをすると、シャノンさんはそう言ってくれたのだ。

「向こうに着いたら、ちゃんと電話するからね」

「そうか……澪がいなくなる訳ではないんだな」

「澪、私の可愛い娘。辛くなったら、いつでも帰ってきなさい」

パパとママが抱きしめてくれる。私はそんな二人にしがみついた。

「ありがとう。……パパ、ママ、大好きだよ」

涙する両親に見送られ、私はリムジンへと乗り込んだ。本当に車内かと疑いたくなるようなゆったりとしたスペース。ソファに腰掛けると、向かいの席にシャノンさんが腰を下ろした。

「それでは、桜坂邸へと向かいます。飲み物はカフェオレでよろしいですか？」

車内でさらっと飲み物が出ることに驚いて、次いでその飲み物が私の好きなカフェオレであることに再び驚いた。さらりと私の好みが把握されている。

ここまで来ると溜め息しか出ない。

開き直った私はお礼を言って、カフェオレの入ったグラスを口に運んだ。

「ありがとうございます。慰めて、くれているんですよね？」

「十五で親元を離れるのは、財閥の子息子女なら珍しくありません。ですが、その覚悟をする暇もなく、いきなり親元を離れる心中はお察し致します」

「あはは……」

フォローされると同時に、考え方がそもそも甘いのだと叱責された。財閥の娘として悪役令嬢を目指すなら、その甘さは捨てなくてはいけないということだ。

「そういえば、シャノンさんはメイドになって長いんですか？」

沈黙を嫌った私は当たり障りのない話題を振ってみる。

「大学に在学中、とあるパーティーでお嬢様にスカウトされ、卒業後すぐに雇っていただき、今年で五年といったところですね」

「五年ですか……」

ストレートに卒業しても、そろそろ三十路という計算になる。とてもそうは見えないなと思っていると「私は飛び級ですから」という答えが返ってきた。

「大学を飛び級で卒業したのに、紫月さんのメイドをやっているんですね。それってやっぱり、紫月さんに惹かれたとか、そういう理由なんですか？」

「いまならそうだと答えます。ですが、当時は稼げると思ったのが一番の理由ですね」

ちょっと、いや、だいぶ予想外だった。だって、私の思い浮かべるメイドって、そんなに給料が高くなさそうだったから。

「メイドって、給料高いんですか？」

「桜坂財閥のメイドですからね。でも、私が稼げると言ったのはそれが理由じゃありません。さすがにメイドとしての給料なら、ウォール街に勤めていた方が稼げます」

「……ウォール街、ですか？」

「大学を卒業後、ウォール街で働く予定だったんです」

このときの私は知らなかったけれど、ウォール街は金融関係の企業が集まる地域らしい。つまり、ウォール街で働くというのは、金融系の一流企業に勤めるというのと似た意味を持つ。

「それなのに、メイドになることを選んだんですよね？」

「はい。当時はまだ十歳でしかなかった紫月お嬢様の、未来予知じみた株価の変動予測に惚れ込んで……と、これはいま話すことではありませんね」

「……あ、ごめんなさい、込み入ったことを聞いて」

よく分からなかったけど、あまり追及する話ではなかったようだ。

「気になることを聞いてくださるのはかまいません。ただ、貴女は桜坂家のご令嬢となられたお方ですから、私のことは呼び捨てにして、敬語も使わないようにしてください」

「でも、私は……」

私は桜坂家のお嬢様――の振りをした偽物だ。それなのに、使用人を呼び捨てにするなんて出来ないという抵抗を抱く。

それを見透かしたように、シャノンさんは指先でトンとテーブルを叩いた。

「たしかに、急に自覚を持てと言われても難しいでしょうね。ですが、貴女はそれを承知の上で、桜坂家の養子になることを選んだのではありませんか？」

その言葉にハッとさせられる。

私が目指すのは、桜坂家の悪役令嬢。そして挑む相手は、この国でトップクラスの子息子女だ。自分の家のメイドに敬語を使うような、元庶民のお嬢様はお呼びじゃない。

……私は深呼吸をして、いまの自分に必要な振る舞いを思い浮かべる。

「忠告に感謝するわ、シャノン」

偉そうに、何様なのよ――と、自分で自分にツッコミを入れたくなる。シャノンさんもなにか言いたげな様子だったけど、結局はなにも言わなかった。

ひとまず、及第点の対応だったのだろう。

そう思ってほっと一息。何気ない気分で窓の外に視線を向けた私は、スモークガラスの向こうに広がる街並みがずいぶんと様変わりしていることに気が付いた。

「この辺りはずいぶんと大きなお屋敷が多いんだね。もしかして、お金持ちが集まる土地、という感じなのかな？」

「いいえ、ここはそういった土地ではなく、桜坂一族の集まる土地――この一帯にあるお屋敷はすべて、桜坂一族が所有するお屋敷です」

衝撃に息を呑んで、窓の外に視線を向ける。大きな庭付きの豪邸が見渡す限りに並んでいて、その数はどう考えても一桁で収まらない。

そのお屋敷全部が、桜坂家の所有物……？

私の想像するお金持ちとは桁が違う。

そうして呆気《あっけ》に取られていると、ひときわ大きなお屋敷が見えてきた。

「もしかして……あれが紫月さんのお家なの？」

「ええ、その通りです」

シャノンは当然とばかりに頷いた。でも、私が通っていた学校、しかも校庭を含む敷地よりも大きい。その敷地すべてが個人の持ち物だなんて、すごすぎて溜め息しか出ない。

でも、敷地が広すぎていいこともあった。おかげで門に到着するまで時間が掛かり、私はそのあいだに平常心を取り戻すことが出来たからだ。

途中で、驚きが呆れに変わったとも言う。

ともあれ、屋敷の前に到着すると、先に車を降りたシャノンが手を差し伸べてくれる。少し迷ったあと、私はその手を摑んで車を降り立った。

その後は、彼女の案内に従って正面玄関をくぐり、エントランスホールを抜け、真っ赤な絨毯が敷かれた廊下を歩く。

赤く深い絨毯が足音を吸収してしまっているのか、廊下はものすごく静かだ。

「紫月さんはここで暮らしているんだね」

「はい。そして、今日からは澪様のご実家でもあります」

「実感、湧かないなぁ……」

養子縁組の手続きをしたのはシャノンで、私はいまだに両親の顔すら知らない。なにより、お屋敷が大きすぎて、ここが家だと認識が出来ない。

なんというか、超豪華なホテルに連れてこられたという感覚だ。

そんな心境で長い廊下を歩いていると、曲がり角の向こうから、紫月さんが姿を現した。

彼女の隣には、紫月さんと同い年か、少し上くらいの青年がいた。

漆黒の髪に、これまた黒い瞳。顔立ちは整っていて、少し気が強そうな印象を受ける。

紫月さんとは髪の明るさが対照的だけど、その身に纏う風格が兄妹のように似ている。

紫月さんに兄弟はいないはずなので、従兄か他人の空似だろう。

その二人を目にした瞬間、シャノンは廊下の端に寄って、中央に向かって頭を下げた。

反射的にそれに倣おうとして、寸前で踏みとどまった。

シャノンにも、桜坂家の令嬢としての自覚を持てと忠告されたばかりだ。相手が他家の財閥の子息だった場合、私がここで庶民っぽい振る舞いは見せられない。男性の雰囲気が紫月さんに似ているのが気にはなるけど——と、私はピンと背筋を伸ばして二人を迎えた。

「紫月お姉様、ただいま戻りました」

紫月さんは瞬いて、それから「へぇ……」と感嘆の声を零した。だけど男の人は眉をひそめて「紫月お姉様？　どういうことだ？」と紫月さんに問い掛ける。

紫月さんは小さな笑みを返した。

「――恭介《きょうすけ》兄さんに紹介するわ。彼女は澪、私の可愛い妹よ」

「……は？　おまえの妹、だと？」

「澪、こっちは桜坂 恭介。従兄のお兄さんよ」

どうやら、私の心配は杞憂だったようだ。紫月さんの従兄なら、もっと殊勝な挨拶をしておくべきだった――と後悔するけれど今更だ。私は気を取り直して頭を下げた。

「初めまして。紫月さんの再従姉妹《はとこ》で、今日から義妹になる澪と申します」

恭介さんはいぶかしげな顔をした。

彼は『なにを言ってるんだ、こいつは？』とでも言いたげな顔をしているけど、口には出していないので、私も答えられずにいる。

どうしようと困っていると、紫月さんがフォローを入れてくれた。

「庶民の娘と駆け落ちした、お祖父様の兄がいたでしょう？　澪はその孫娘なの」

「……あぁ、たしかに聞いたことがある。だが、桜坂家の血を引いているからといって、このように不躾《ぶしつけ》な娘をおまえの義妹にしたというのか？」

恭介さんの言葉はわりと失礼だ。でもそれは、私を馬鹿にするようなニュアンスではなく、ただ事実を事実として口にしているような、淡々とした口調だった。

実際、不躾な挨拶だったのは事実だ。だから、私は恭介さんの言葉に腹立たしいという気持ちは抱かなかった。だけど、紫月さんが腰に手を当てて不満を口にした。

「お言葉ね。澪はこう見えて、桜坂家の将来を担う逸材よ」

「……は？」

紫月さんの言葉に対し、間の抜けた声を上げたのは私だ。なにを言っているのかと、慌てて訂正しようとする。だけど私が言葉を発するより早く、恭介さんが呆れ顔で口を開いた。

「紫月、おまえ、本気か？　礼儀も知らぬ娘が桜坂家の将来を担う逸材だと、本気でそんなことを思っているのか？」

「ええ、わたくしはそう確信しているわ」

恭介さんは最初、紫月さんが冗談を言っていると思ったのだろう。でも、答えた紫月さんの目は真剣そのもので、恭介さんにも彼女の言葉が本気だと伝わったようだ。

だから、彼は眉を寄せた。

そして、真意をたしかめるように私に視線を向けた。

「……この娘がそれだけの逸材だと？　紫月、自ら立ち上げたファンドが思いのほか好調だからと、少し思い上がっているんじゃないか？」

「そうかもね。でもわたくしは、自分の見る目を信じてるわ」

「はっ、愚かなことだ。たしかに、おまえの情勢を見る目は一流だが……人を見る目はなかったようだな。精々、坂を転げ落ちないように気を付けることだ」

恭介さんは不満気に言い放ち、今日はこれで失礼すると踵を返した。

「――待ってください」

立ち去ろうとする彼を引き止めたのは私だった。だけど、それはなにかを意図しての行動じゃない。ただ、反射的に口が動いただけだった。

「なんだ娘、俺に平凡呼ばわりされたことに異論でもあるのか？」

それは訂正するまでもなく事実だ。だから、平凡だと言われたことを悪口だとは思っていない。でも、だったらどうして、私は彼を引き止めたりしたのだろう？

そう自問自答していると、紫月さんの姿が目に入った。

その瞬間、自分がどうして彼を引き止めたのか理解する。

「訂正、してください」

「あくまで、自分は平凡じゃないと主張するのか？」

「いいえ、私は平凡ですし礼儀も知りません。非礼があったのならお詫びします。でも、紫月さんはそんな私に手を差し伸べてくれた優しい人です。愚かなんかじゃありません」

そう口にしながら『なにを言ってるの？　いきなり、桜坂家の身内に突っかかってどうするのよ、このバカ！』と、冷静な自分が叱りつけてくる。

それでも、一度口にした言葉は呑み込めなかった。

「紫月さんへの侮辱を訂正してください」

「ほぅ、それは俺に命令しているのか？」

恭介さんが牙を剝《む》いた。その姿はまるで、無礼な雑兵を前にした皇帝のようだった。

彼ならば、私という存在を簡単に壊せるのだろう。

廊下の気温が下がったような気がした。

怖い。怖くて足の震えが止まらない。

それでもスカートを握り締め、私はその場に踏みとどまった。

「訂正、してくださいっ。紫月さんは、愚かなんかじゃありません……っ」

震える声で言い放つ。

彼は目を丸くして、それからお腹を抱えて笑い始めた。そのあまりの爆笑っぷりに、私は自分が一体どういう状況に置かれているか理解できなくなって困惑してしまう。

助けを求めて紫月さんを見れば、彼女は満足そうに笑っていた。

「どうかしら？　これでも、わたくしの目が曇っていると思う？」

「いや、さきほどの言葉は訂正しよう。無知、無謀を絵に描いたような愚か者だが、その根性だけは認めてやってもいい。たしかに、おまえが気に入りそうな娘だ」

恭介さんが笑って、紫月さんも満足そうな顔をしている。——っていうか……え？　この二人、仲が悪かった訳じゃないの？　え？　もしかして私、勘違いしてた？

「おまえ、澪と言ったな？」

「は、はい、そうですけど……？」

混乱する私はそう応じるのが精一杯だった。

「おまえは、紫月が侮辱されるのを許せないと、そう思っているんだな？」

「はい。彼女は私に救いの手を差し伸べてくれましたから」

「……そうか。なら、一つだけ忠告しておいてやる。紫月がなぜおまえのような娘を妹にしたのかは知らないが、妹にした以上、おまえの行動はすべて紫月に跳ね返る」

「私の行動が跳ね返る……ですか？」

「おまえが優秀な結果を残せば、おまえを妹にした紫月も評価されるだろう。だが、おまえがいまのように無知を晒せば、おまえを妹にした紫月が愚か者扱いされるということだ」

「――っ」

ただの姉妹なら、妹の責任を姉が取る必要はない。でも、私は紫月さんの意思で妹になった。だから、その責任が紫月さんに発生するのは必然だ。

私は、そんなことすら考えていなかった。

「……すみません」

「ふむ、素直なのは美徳だな。精々、紫月の名誉を穢《けが》さぬように精進することだ。おまえが紫月にとって害となると分かれば、俺はどんな手を使ってもおまえを排除するからな」

彼は淡々とした口調で警告すると、今度こそ立ち去っていった。彼の姿が廊下の向こうへ消えると同時、緊張から解放された私はふらついて壁に寄りかかった。

「ちょっと、澪、大丈夫!?」

「す、すみません、緊張の糸が切れたみたいです」

　私が力なく答えると、紫月さんがふっと笑った。

「もう、脅かさないでよ」

「すみません」

「まぁでも、無理もないわね。桜坂本家の御曹司に食ってかかったのだもの」

「……桜坂本家の御曹司？」

　思ってもないことを聞かされて混乱する。というか、理性がその言葉の意味を理解することを拒否していた。だって、本家の御曹司って、それじゃ……

「まさか、知らなかったの？　彼は桜坂財閥を纏める当主の跡取り息子よ」

「そんなの、知るはず――っ」

　ないと言おうとして、財界の人間なら知っていて当たり前のことなのだと気が付いた。というか私、紫月さんについても、桜坂家のお嬢様としか聞いていない。

「……じゃあ、紫月さんは？」

「わたくし？　そういえばちゃんとは名乗ってはいなかったわね。わたくしは桜坂財閥、先代当主の孫娘よ。だから、恭介兄さんとは従兄妹《いとこ》の関係になるわ」

「そ、そうだったんですか……」

紫月さんが、桜坂家の中でどういう立場かまったく考えていなかった。というか、紫月さんが本家の娘だと勝手に思い込んでいた。

「もしかして私、結構危ないこと、しましたか？」

「まぁね。彼を敵に回すということは、桜坂財閥を敵に回すも同然だから」

つまり、彼は紫月さんより立場が上。私の行動は、紫月さんに迷惑を掛ける可能性すらあった。というか私、紫月さんの名誉を穢せば、排除すると宣告されたんだけど。

……もしかして、大ピンチ？

今更ながらに自分がどれだけ危ない橋を渡っていたかに気付いて目眩《めまい》がした。

「ちょっと、澪!?」

「澪様、しっかりしてください、澪様!?」

私の意識はそこで途切れた。

2

紫月が自室で経済誌に目を通していると、澪の看病を終えたシャノンが戻ってきた。

「澪の様子はどうだった？」

「緊張続きだったのが原因でしょう。いまはベッドで眠っています」

「……よかった。まさか意識を失うとは思わなかったから驚いたわ」

澪が恭介の正体に気付いていなかったのは想定していた。だけど、まさか正体を知ったショックで立ったまま気を失うとは夢にも思わない。床が深い絨毯だったとはいえ、シャノンがとっさに支えてくれなければ頭を打っていただろう。

「ほんと、面白い子よね」

紫月のために、桜坂本家の御曹司に食ってかかった。その勇姿を思い出した紫月は口元をわずかに緩めた。そんな紫月に向かって、シャノンがなにか言いたげな顔をする。

それに気付いた紫月が「言いたいことがあるのなら言いなさい」と笑う。

「……はい。紫月お嬢様はどうして澪お嬢様をお選びになったのですか？」

そう尋ねるシャノンは紫月の腹心である。

いまから五年前、ここが乙女ゲームを元にした世界だと気付いた紫月は、自分の運命を変えるための手足を必要としていた。そうして最初に見つけたのがシャノンだった。

そういった事情もあり、シャノンはここが乙女ゲームを元にした世界だと知っている。

ゆえにシャノンも、紫月が代役を用意したことは理解できる。だが、なぜ代役として選んだのが、澪のような普通の女の子なのかは理解できないでいた。

「シャノンは澪が桜坂家の令嬢に相応しくないと思っているの？」

「それは……」

シャノンは澪のことを思い返す。

澪は両親に事情を話すより先に、妹に転院の事実を打ち明けた。そのときのシャノンは、ずいぶんと軽はずみな行動を取るものだと思ったが、後からそれは勘違いだと理解した。

養子縁組が転院の交換条件であるかのように、澪が両親を誤解させたからだ。

それこそが、澪が使わなかった切り札だ。

『雫には転院の件を話してあるの。この話が立ち消えになったら雫が悲しむよ』——と。

もしも両親が最後まで養子縁組を拒んでいたのなら、彼女はこう言っていただろう。

もちろん、転院の件はひったくり犯から鞄を取り返したお礼なので、養子縁組とは別件だ。

でも、両親は養子縁組が交換条件だと思い込んでいる。あと三年しか生きられないと知っている娘に与えられたわずかな希望の光。それを奪うつもりなのかと脅迫する布石。

本音を言えば、あまりスマートなやり方とは思えない。紫月はもちろん、シャノンでももっと上手くやる。それは他の財閥の子息子女でも同じことだ。

だけど、澪はごく普通の家庭で生まれ育った女の子だ。それを考慮するのなら、澪の手際は及第点を与えられる——と、シャノンは思っていた。

だけど――

「相手が誰かも考えずに、本家の御曹司に食ってかかるような方を身内に取り込むのは危険です。将来、どのような問題を起こすか予想がつきません」

世の中には、知らなかったでは済まされないことがある。

さっきのやりとりがその一つだ。澪が恭介の正体を知らなかったとしても関係ない。澪が問題を起こせば、それが紫月の汚点になるのは恭介が指摘した通りだ。

「たしかに澪は未熟よ。庶民の生まれなのだから仕方ないという言い訳も、桜坂家の娘になった以上は通用しない。このままなら困ったことになるでしょうね」

「でしたら、悪役令嬢に選ぶのは他の娘にするべきです」

シャノンがそう訴えるが、紫月はそれを手振りで遮った。

「いいえ、あの子が適任よ」

「彼女には素質がある、と？」

紫月は宝物を自慢する子供のように笑った。

「ねぇ、シャノン。恭介兄さんはどうして、澪が未熟だと判断したと思う？」

「澪お嬢様が基礎的な作法すら出来ていないから、ですよね？」

「そうね、その通りよ」

廊下での遭遇なので、澪の挨拶はそれほど間違ってない。だけど、桜坂家の娘を名乗るにしては、所作が未熟すぎる――というのが、恭介が不快感をあらわにした理由である。

「事情を知らない恭介兄さんが、澪を不躾に思うのは無理もないわ。でも、澪がごく平凡な庶民の娘だと知っていれば、感想は変わると思わない？」

「たしかに、挨拶自体は大きく間違ってはいませんでしたが……」

「そう。それって結構すごいことよ。考えてもみなさい。澪があそこで素性に繋がるようなことを口にして、私の隣にいたのが他所の人間だったらどうなると思う？」

「たしかに、そうすれば色々と台無しになっていたかもしれませんね。ただ、それは……」

と、シャノンが言葉を濁す。

「あら、もしかして助言でもした？」

「はい。桜坂家の娘として振る舞うように――と、車内で」

「な～んだ、貴女もわりと気に入ってるじゃない」

そうじゃなければ、シャノンがそんな助言をするとは思えない。紫月がそう言って笑えば、シャノンはふいっと視線を逸らした。

「……応援したくなるような娘なのは事実ですが、財閥の娘となる適性があるかは別です」

「そうね。でも、その適性なら間違いなくあるわよ」

「なにを根拠に、そう判断されたのでしょう？」

シャノンが重ねて問い掛けてくる。

これは別に、紫月の判断に反対しているとか、紫月の言葉を疑っている訳ではない。ただ、根拠を聞いて、情報を共有するための行為だ。

それを知っているから、紫月も気を悪くする様子もなく答える。

「確信したのはさっき。澪が妹として振る舞ったときよ」

「ですが、それは……」

「ええ、そうね。妹として振る舞うに思い至ったのは、貴女の助言を聞いたからでしょう。だけど、あの場で妹として振る舞うと決めた理由はそれだけじゃないわよ」

「……他にも理由がある、と?」

シャノンが首を傾けると、紫月は無邪気に微笑んだ。

「恭介兄さんの顔を知らなかったでしょ？　だけど、親戚である可能性には気付いていた。親戚に怪しまれるリスクを覚悟の上で、他人に素性を悟られるという最悪を排除したのよ」

「……庶民育ちの娘が、あの一瞬でそこまで考えられるでしょうか？」

「驚きよね。でも、わたくしが恭介兄さんを従兄だと紹介した直後、あの子はその内心を顔に出した。自分の心配はただの杞憂だったのかって言いたげな表情をね」

「紫月お嬢様の判断を疑う訳ではありませんが、にわかには信じられません」

紫月に仕える者として、シャノンはあらゆる状況に対処できるように訓練を受けている。

逆に言えば、訓練を受けているからこそ、不測の事態にも対処できると言える。もしもなんの訓練も受けていなければ、不測の事態には対処できない。にもかかわらず、澪は学んですらいないことをやってのけた。平凡な行動の中に見え隠れする、キラリと光る天賦の才。

澪は路傍の石ころに見えてその実、磨けば光るダイヤの原石である。そのことを、紫月は最初から分かっていた。それが、彼女を義妹に選んだ最大の理由。

「彼女ならきっと、わたくしの目的を果たしてくれるはずよ。いまのあの子は未熟だけど、決して愚かじゃない。とても強くて優しい女の子だから」

恭介に食ってかかる澪の勇姿を思い出し、紫月は口元に小さな笑みを浮かべた。

◆◆◆

「澪お嬢様、お加減はいかがですか？」

ぼんやりと目を開くと、ベッドの天蓋が視界に広がる。その直後に降って下りた声に視線を向けると、ベッドの横に置かれた椅子にシャノンが座っていた。

「あれ、どうしてシャノンがここに？　というかここは……私、どうしたんだっけ？」

「澪お嬢様は、恭介様の素性を知って意識を失われたのです」

「恭介さんの素性……あ、そうだ！」

色々と思い出して飛び起きる。周囲を見回すが、恭介さんはもちろん、紫月さんの姿もない。どうやら私は、寝室のベッドで寝かされていたらしい。

「うぅ……あれから、どうなったの？」

「ご心配なく。特に問題にはなっていません」

「そっか……」

安堵しつつ、自分のやらかしたことを思い返して深く反省する。

紫月さんが侮辱されたと思って腹を立てた。でも、あの後のやりとりを考えると、恭介さんは紫月さんを心配して、その要因である私を排除しようとしていただけだ。

私の軽はずみな行動が事態を複雑化して、紫月さんに迷惑を掛けるところだった。

「シャノン、お願いがあるんだけど」

「……なんでしょう？」

「これ以上、私が紫月さんに迷惑を掛けないように、色々と教えてくれないかな？」

紫月さんに迷惑を掛けたのは、私が未熟だったからだ。そして自分の未熟さを自覚したとき、次にどうしたらいいかはバイトを通じて楓さんに教えてもらった。

分からないことは分からないと打ち明け、次は迷惑を掛けないように必要なことを学ぶ。だから、色々と教えて欲しいとお願いする。

そんな私を前に、シャノンは目を見張った。

「……なるほど、未熟ではあっても、愚かではない……ですか。紫月お嬢様からの課題をどう伝えるべきか考えていたのですが、迷う必要はなかったですね」

「紫月さんからの課題？」

「まずはこちらへお越しください」

シャノンがローテーブルの前にあるソファを指し示す。私はベッドから足を下ろし、そこに置かれていたスリッパを履いてソファに腰掛けた。

シャノンはそんな私の前、テーブルの上にスマフォを置いた。

「わぁ、先日発売されたばかりの最新機種だね。これはシャノンのスマフォ？」

「いいえ、それは澪お嬢様のスマフォです」

「え？」

「澪お嬢様のスマフォです」

念押しをされた。

だけど、私はママに買ってもらったスマフォを持っている。

「もしかして、桜坂 澪用のスマフォってこと？」

「そうなります。ただ、既存の回線もそのスマフォに登録してかまいませんよ。着信音を変えておけば、トラブルになることもないでしょう」

なんと、一台のスマフォに二つの番号を登録できるらしい。それなら、一台のスマフォで、佐藤 澪の回線と、桜坂 澪の回線を使い分けられる。

庶民的にはお金の無駄だと思うけど、他人を演じる上では必要なことだろう。

「回線の件は後で説明しますので、まずはアプリを開いてください」

シャノンさんの指示に従って、桜花グループのアイコンをタップする。すると、まるで乙女ゲームのような画面が表示され、そこにデフォルメされたキャラが表示された。

少しだけ青みを帯びた黒髪に、ほのかに紫色を滲《にじ》ませた黒い瞳。

何処かツンツンとした制服姿の女の子だ。

「この子、なんだか私に似てない？」

「それは澪お嬢様ですから」

「え、ほんとに私なの⁉」

ちょっとした冗談で、本当に私だとは思ってもみなかった。

「え、というか、どうして私をデフォルメしたキャラがアプリに？」

「それは、紫月お嬢様の証言を元に桜花グループが開発した、原作乙女ゲームのステータス画面です。横に各項目が表示されているでしょう？」

「えっと……あぁ、これだね」

シャノンも原作乙女ゲームのことを知っていたんだと驚きつつ、言われた通りに確認する。そこには、育成系の乙女ゲームなんかでありそうな数値が並んでいた。

ただし、普通の乙女ゲームと違い、項目がすごく多い。

体力、魅力、礼儀、道徳、数学、国語、理科、地理、歴史、芸術、外国語、情報……といった感じで並んでいて、体力には走力や持久力といった感じで、更なる詳細が存在した。

その数値を眺めていると、私はあることに気が付いた。相対的に見て、私の得意科目は数値が高く、不得意科目は数値が低い。

「もしかしてこれ、私の実際の成績が反映されてるの？」

「中学の成績を反映した暫定的な数値ではありますが、それなりに精度の高いデータとなっているはずです」

「……なるほど。じゃあ、魅力が低いのは……？」

女の子として、そこに追及せずにはいられない。

「魅力の詳細を見てもらえば分かりますが、ファッション関連に興味がなさすぎます。髪も自分で切っているようですし、化粧にも興味を持っていませんね？　もちろん、家庭の事情があることは存じておりますが、今後は改善していただきます」

容姿に無頓着なのが原因だと知って、ちょっと複雑な気持ちになった。元は悪くないと慰められているよりも、容姿に気を使えと叱られている気がしたからだ。

「改善って、具体的には？」

小首を傾げると、シャノンがちょっと失礼いたしますと私のスマフォを操作した。私の数値に並んで、異なる二つの数値が表示される。

「これは……他の誰かのステータスですか？」

「ご明察です。総合的に高い方が、紫月お嬢様の原作乙女ゲームの記憶から算出した、入学時の悪役令嬢のデータで、もう片方は現在の乃々歌様のデータです」

「これが、現在のデータ……」

悪役令嬢――つまりは原作乙女ゲームの紫月さんのステータスは、モラル回りを除けば総じて私よりも高い。とくに芸術や外国語回りは抜きん出ている。

けれど、乃々歌さんの方は私と大差がない数値だ。負けている部分もあるけれど、逆に私が勝っている部分もある。平均すれば、ほとんど同じくらいだろう。

「ヒロインの乃々歌様は、悪役令嬢のステータスを目標にして成長いたします。そして、ハッピーエンドを迎えるには、高ステータスであることが必須なのです」

「それなら、乃々歌さんに勉強を教えた方がよくない？」

遠回りしなくても――と、私は首を傾げた。

「原作乙女ゲームでは、ステータス差が多いほど補正が掛かるそうです。現実でその影響があるかは分かりませんが、悪役令嬢がライバルである必要はあるそうです」

「……そういうこと」

越えるべき壁というのは、大抵の物語で設定されている。

噛ませ犬の悪役令嬢に相応しい役割だ。

「という訳ですので、入試までに悪役令嬢のステータスに追いついてください」

「……え？　この数値に追いつけっていうの？」

「はい」

「入試までに？」

「そうです」

私は声にならない悲鳴を上げた。

学業をおろそかにしたつもりはないけれど、バイトに重きを置いていた私の成績は決して優秀だとは言えない。総合的に見て、真ん中よりも少し下くらいである。

対して、悪役令嬢のステータスは上の下といったところだ。

学業だけなら、まだ可能性は感じられる。だけど、礼儀や魅力、それに芸術の項目の差は絶望的である。これを入試まで――一ヶ月やそこらで埋めるのは不可能だ。

「……諦めるのですか？」

私の内心を見透かしたかのように、シャノンが私に問い掛けた。

……そうだ。雫のためにも、ここで諦めることは出来ない。出来るかどうかは分からないけれど、私に選べるのは前に進むことだけだ。

「……家庭教師くらい、付けてくれるんだよね？」

覚悟を問われた私は、そっちこそ準備は出来ているのかとやり返す。その瞬間、シャノンは猛禽《もうきん》類のようににやっと笑ってみせた。

「当然、すべての分野においてスペシャリストをご用意しています。紫月お嬢様の代わりを果たすのですから、目標達成くらいは楽にしてもらわなければ困りますよ？」

「上等じゃない。この程度の目標、余裕でこなしてみせるから！」

挑発に乗って啖呵《たんか》を切った。

そして私は、そのことを秒で後悔することになる。

「安心いたしました。澪お嬢様にこなしていただかなくてはいけないミッションは他にも多くあるので、これだけで一杯一杯だと言われたらどうしようかと困るところでした」

「……え？」

売り言葉に買い言葉だっただけで、ステータス的に追いつくだけでも危うい。なのに、これよりさらにミッションがあるなんて、どう考えても無理だ。

目を見張った私の前で、シャノンが再びアプリを操作する。

するとアプリにスケジュール表のようなものが表示された。

「優先度が高く、早急に澪お嬢様がこなさなくてはいけないスケジュールが書き込まれています。まずはご確認ください」

言われた通りに確認すると、三つのミッションが表示されていた。

一つ目は既に聞かされた内容。期日までにステータスを目標値まで上げろというものだ。悪役令嬢を続けていく上でのチェックポイントのようなもので、一学期の中間試験ではこれだけ、期末テストではこれだけといった感じでハードルが上がっていくらしい。

ただ、それらの数値は暫定的なもので、ヒロインの成長具合によっても変動するとあった。

そして二つ目は、魅力関連のステータスを上げ、桜花ブランドのイメージキャラクターとして、ファッション誌のモデルを務めろという内容だった。

どうやら一学期のあいだに、ヒロインがそのファッションを真似て、それに対して悪役令嬢がマウントを取る——というイベントがあるらしい。

当然だが、そのイベントを発生させるには、私がモデルを務めている必要がある。

そして最後のミッションにはＮＥＷというマークがついていた。

「この『突発的な試験をクリアして、両親に認められろ』というミッションはなに？　詳細が書かれていないみたいだけど……」

「実は、恭介様が紫月お嬢様のご両親に進言なさったようです。澪お嬢様が桜坂家の養子に相応しいかどうか、ちゃんとたしかめるべきだ、と」

「し、仕事が早い……っ」

さっそく仕掛けてきた。

だけど彼は、私が紫月さんの害になると判断すれば、どんな手を使っても排除すると宣言していた。予想より動きが早かっただけで、横やりが入るのは予想できたことだ。

落ち着いて考えよう。

私が目指すのは、悪役令嬢になってその役目を果たすことだ。

必要最低限の礼儀作法や知識を身に付けることも出来ないで、立派な悪役令嬢になれるはずがない。元々目標ステータスを達成する必要もあるのだからやることは変わりない。

だから、今更慌てても仕方ない。私はただ、目標に向かって突っ走るだけだ――と、そこまで考えたとき、どうして恭介さんがそこまで心配するんだろうと気になった。

「……そういえば、紫月さんは恭介さんと仲がいいの？」

「紫月お嬢様が仰るには、乙女ゲームの攻略対象だそうで、敵対しているそうです。なので、いまは仲がよく見えても、決して油断は出来ないと仰っていました」

「……敵対？」

私の抱いているイメージと逆なことに驚く。

「原作乙女ゲームがそうなので、お嬢様は警戒していらっしゃいます。ですが、人間関係が原作通りになるとは限らないのではないか――と、私は考えています」

言われてさきほどのやりとりを思い出す。

恭介さんが怒ったのは紫月さんのためだと思う。恭介さんが紫月さんを敵だと思っているのなら、そんな真似はしないだろう。

「ありがとう、とても参考になったよ」

「それはようございました。それでは、勉強をがんばってください。貴女が紫月お嬢様のご期待に応えられることを、私は心から願っております」

3

その日から、私は死に物狂いで勉強を始めた。

条件達成までの期限は入試の当日――つまりは残り一ヶ月と少し。それまでに、ごく一般的な庶民である私が、幼少期から英才教育を受けている者達と肩を並べる必要がある。

正直、無理だと思った。

でも、出来るかどうかじゃなくて、やらなくちゃいけない。私は自主的に冬休みを延長し、紫月さんに付けてもらった家庭教師から集中的に学ぶことにした。

朝起きたらまずは体力作り。プロポーションを維持するには運動が必要ということで、トレーナーに従って運動をする。

それからシャワーを浴びて朝食。

それが終わったら、各分野を担当する家庭教師の先生から授業を受ける。

バイトに力を入れていた私は、決して優秀な成績ではない。それでも、真面目に授業を受けていたという下地があったおかげか、一般科目は順調に伸びていった。

他の項目に比べれば――だけど。

というか、一般教養でものすごく手こずっている。私の考える一般教養と、財閥の娘として求められる一般教養の内容がまったく違っていたからだ。

たとえば時事問題。

私が考える時事問題というと、最近締結された協定の名前を答えろとか、その協定による影響を述べよとか、そんな感じの内容だ。

でも、私が家庭教師の先生から最初に質問されたのは、先月、桜坂重工が開発した新技術についての見解と、その新技術により伸びるであろう分野について答えろ――だった。

まず、桜坂重工ってなにを作ってるの？　ってレベルなのだ。その桜坂重工がどのような新技術を作ったかなんて知るはずもなく、その影響がどの分野に及ぶかなんて見当もつかない。

芸術関連の教養も似たようなものだ。クラシックの曲に対する解釈や、絵画に込められたメッセージ性の解釈を求められても分からない。

ピアノを小さい頃に習ったことがあったので、音楽に関してはほんの少しだけ助かった

——程度である。

個人的に予想外だったのは、礼儀作法でも苦しんだことだ。

バイトをしていた経験があるので、最低限のマナーは教えてもらった。だから、中学三年生としては、礼儀正しい方だと思っていたのだけど、それは本当に甘い考えだった。

私が学んだマナーと、桜坂家の令嬢に求められる立ち回りはかなり違っていた。

「澪お嬢様。貴女は桜坂財閥のご令嬢として振る舞わなければいけません」

「ごめんなさい！」

「やる気があるのは大変結構ですが、受け答えも淑女らしく振る舞わなくてはいけません。指先が揃っていませんし、動き出しも乱暴ですよ」

「——はい、先生」

今度は、お淑《しと》やかに応じる。それを見た先生はこくりと頷き、「では、次は間違えずに出来ますね？」と圧を掛けてきた。

「はい、必ずご期待に応えてみせます」

「……本当ですか？」

礼儀作法の先生は疑いの眼差しを向けてきた。私は「もちろんです」と応じる。その瞬間、先生は悪女のような笑みを浮かべた。

「そこまで断言するなんて、素晴らしい意気込みですね。当然、期待に応えられなかったときの覚悟は出来ているのですよね？」

「……え？」

「まさか、桜坂家のご令嬢ともあろう方が、根拠もなく出来ると言った……なんて、いえ、ごめんなさい。そのような恥ずかしい真似、澪お嬢様はなさいませんよね？」

「そ、それは……」

私は視線を彷徨《さまよ》わせる。

その直後、悪女のような顔をしていた先生が真顔に戻る。

「――と、揚げ足を取られかねないので、いまのように不用意な発言はお控えください。澪お嬢様の前向きな姿勢はとても立派ですが、桜坂家のご令嬢として、自分の発言には責任が発生することをお忘れなく」

「わ、分かりました」

こんな感じである。財閥の世界、怖い――というのが私の素直な感想だ。でも、悪役令嬢として君臨するには、身に付けなくてはならないスキルだ。

私はもう一度お願いしますと、先生に更なる指導を求めた。

そして夜は、部屋で自主的に復習をする。

自室のテーブルにノートを広げて連立方程式を解いていると、アプリを通じてスマフォに着信があった。雫からだと気付き、すぐにハンズフリーで要求に応じる。

「澪お姉ちゃん、いま大丈夫？」

「大丈夫だよ。それより、雫の調子はどう？」

ノートに計算式を書きながら、雫の話に耳を傾ける。

「うん、体調はいいよ」

「……ほんとに？」

雫の余命が三年程度であると、私が知っていることは伝えていない。

理由は簡単。

雫の余命を知れば、私は絶対に無理をする――と、雫が知っているから。

私が雫の余命を知っていると言えば、雫はそのことと転院したことに関係があるかと聞いてくるだろう。でも、私から切り出さない限り、雫はやぶ蛇を嫌って話題にしないはずだ。

そんな私の思惑通り、雫はあれからなにも追及してこない。

「そうだ、澪お姉ちゃん、聞いて聞いて。この病院、マッサージもしてくれるんだよ。部屋のテレビも大きいし、空調もしっかりとしてて、家にいるよりも快適なくらい」

「そっか。雫がリラックスできてるなら私も嬉しいよ」

転院がストレスになってないと分かって安心する。そうしてノートに計算式を書き込んでいた私は、ふとペン先を止めた。

「雫、お見舞いに行けなくてごめんね？」

転院以来、私は一度も病室に足を運んでいない。学校帰りに病院に寄っていたら、バイトに間に合わないというのが建前上の理由だ。

「大丈夫。病院で快適な暮らしをしてるから、澪お姉ちゃんは来なくて平気だよ〜だっ」

「もう、雫ったら……」

私を――顔を出せないことに後ろめたさを覚えている私を気遣っての言葉だろう。でも、寂しくないはずがない。雫にはあと三年ほどしか残されていないのだから。

本当なら、一日でも多く側にいてあげたい。でも、私がここでがんばれば、雫の残された時間を延ばすことが出来る。

いま寂しい思いをさせても、それがきっと雫のためになると信じてる。

だから――

「もう少し落ち着いたら、ちゃんとお見舞いに行くからね」

「……ん、待ってる」

少しだけ寂しげな声。私はそれに気付かない振りをして「そろそろ切るわね、おやすみなさい」と通話を切った。続けて両親に電話を掛けて、今日も元気だよって報告をする。

そして最後は、疲れ切って寝落ちするまでその日の復習を続ける。

これが、最近の私の日課。

そんな日々が二週間ほど続いた。最初のミッション、目標値までステータスを上げる期日、入試まで残り二週間ほどに迫っている。

そんなある日。

「澪お嬢様、机で寝たら風邪を引いてしまいますよ」

自室で机に向かってその日の復習をしていたはずの私は、シャノンに肩を揺すられてハッと顔を上げた。どうやら寝てしまっていたようだ。

慌ててノートと時計を確認する。

「もうこんな時間っ。起こしてくれてありがとう」

うっかり眠ってしまったせいで、今日の分の復習がまったく終わってない。慌てて勉強を再開しようとすると、シャノンが溜め息交じりに教科書を閉じた。

「シャノン、なにをするの？」

「そんなに根を詰めても効率が悪くなる一方ですよ」

「それでも、やらないよりはマシでしょう？」

このままじゃ間に合わないということはなんとなく分かっている。でも、出来るか出来ないかじゃない。私にはやる以外の選択がないのだ。

そうして教科書を開こうとすると、シャノンが教科書を取り上げてしまった。

「澪お嬢様、紫月お嬢様がお呼びですよ」

「紫月さんが？　もしかして帰ってきたの？」

「はい、さきほど帰宅なさいました。お部屋でお待ちですよ」

「分かった、すぐに向かうと伝えて」

シャノンに伝言を託し、さっと身だしなみを整える。

紫月さんと顔を合わせるのは、私がこの家に来た日ぶりとなる。私を迎え入れた直後、紫月さんは用事があると言って海外に行ってしまったからだ。

私に希望を与えてくれた紫月さんには感謝している。でも、だからこそ、彼女から与えられたミッションに手こずっているいまの私は後ろめたさを感じている。

「……って、弱気になってどうするのよ、私。この二週間でしっかり成長してるって、紫月さんに証明しないとでしょ！」

自分を叱咤して、私は紫月さんの部屋へと向かった。扉の前で深呼吸。丁寧に扉をノックをして、返事を待って部屋に入る。

紫月さんはソファに腰掛けていた。私はいままでに学んだマナーと照らし合わせ、財界では目上の人から声を掛けられるのを待つのが一般的という法則に従って待機する。

「澪、久しぶりね」

「はい。ご無沙汰しております、紫月さん。その後、お変わりはありませんか？」

気遣いたっぷりに答える私に、紫月さんは「三点」と辛辣《しんらつ》なことを言った。

「……そんなに酷かったですか？」

悔しさと情けなさ、それに恥ずかしさに耐えかねて、私は俯《うつむ》いて唇を噛む。

「まず、その反応が間違いね。いま程度の揺さぶりで素を晒すようじゃダメよ」

「す、すみません」

三点と言われた瞬間、勝手に試験が不合格に終わったと思って気を抜いた。どんな状況でも気を抜いたらダメだと教えられていたはずなのに、私のばかばか、しっかりなさいっ！

「申し訳ありません。何処が悪かったのでしょう？」

気を取り直した私は、背筋をただして問い掛けた。

「まず、その取引先の相手に使うような振る舞いをなんとかしなさい。ここは自宅で、貴女はわたくしの妹なのよ？　あのときのように、わたくしのことは姉と呼びなさい」

「分かりました、紫月お姉様」

「あら、紫月お姉ちゃんでもかまわないのよ？」

「いえ、さすがにそれは恐れ多いです」

「……まあいいけど」

あんまりよくなさそうな顔で言われた。もしかして、紫月お姉ちゃんって呼ばれたかったのかな？　……いや、さすがに、桜坂財閥のお嬢様がそんなことは思わないよね。

「それじゃ次。どうしてそんなにぎこちないのよ?」

「申し訳……いえ、ごめんなさい」

姉と接する妹を意識して、謝り方を変えてみた。紫月お姉様はそれに小さく頷いて「口調を相手に合わすのはあってるけど、謝って欲しい訳じゃないわ」と笑う。

「澪、貴女はバイトでしっかりと接客をしていたでしょ? あのときの所作は綺麗だったじゃない。なのに、いまはどうしてそんなにもぎこちないの?」

「それはだって、あのときはお仕事中だったから……」

「なら、いまも仕事中だと思いなさい」

紫月お姉様の言葉に私はハッとした。素の自分を変えるのは難しい。でも、接客中に相応の立ち居振る舞いをするのは既に一年ほど続けてきた。

ウェイトレスのお仕事同様、いまは悪役令嬢のお仕事をしていると思えばいいのだ。

私は紫月お姉様の振る舞いを思い返し、そこにネット小説で覚えた悪役令嬢のイメージを重ね合わせる。そうして、手の甲で肩口に零れた髪をぱっと払った。

「ご機嫌よう、紫月お姉様。二週間ぶりかしら?」

一瞬の沈黙を挟み、紫月お姉様に爆笑された、酷い。

「……拗《す》ねますよ?」

「ご、ごめんなさい。でも、なんて言うか……ふふっ、すごくそれっぽかったから、ギャップの差に思わず、ね。……うん、悪くなかったわ……っ」

「……悪くないというならせめて、身を震わすのをやめてください」

実は馬鹿にしていませんかと、疑惑の目を向ける。

「嘘じゃないわ。ぎこちなさは残るけど、さっきまでよりはよくなっているわ。やっぱり、わたくしが見込んだだけのことはあったわね。――と、まずは掛けなさい」

向かいのソファを勧められる。私はその言葉に従ってソファに腰を下ろした。

紫月お姉様は私を見ると、小さな笑みを浮かべた。

「報告は受けているわよ。礼儀作法以外も、色々と苦戦しているみたいね」

「……ごめんなさい」

「謝らなくていいわ。貴女が未熟なことは知ってるもの。それに、その不足を埋めようと、死に物狂いで努力していることも、その目の下のクマを見れば分かるわ」

「でも、試験に合格できなければ……」

努力は裏切らない。それはきっと事実だろう。だけどそれは、努力すれば必ず目標を達成できるという意味じゃない。努力した分だけ、自分が成長するという意味だ。

だけど、努力で身に付くものがあったとしても、合格できなければ雫は救えない。いまの私にとって、努力したなんて言葉はなんの意味も持たない。

そして、今日まで一切の手を抜かずに努力を続けた私には分かっている。このまま努力を続けても、絶対にミッションの目標値まで自分の能力を上げることは出来ない、と。

どうにかしなくちゃいけない。

それが分かっているのに、いまの私にはその対策が思い付かない。このままじゃ、機会を与えてくれた紫月お姉様にも申し訳が立たないし、なにより雫を救うことが出来ない。

どうしたらいいの――と、きゅっと目を瞑《つぶ》った。

そんな私の頬に手のひらが触れた。驚いて目を見開くと、ローテーブルに片手を突いて身を乗り出していた紫月お姉様が、私の頬を撫でていた。

「紫月、お姉様……?」

「追い詰めてごめんなさい。本当は分かってたの。いまの貴女がどれだけがんばっても、この短期間でミッションを達成するのは無茶だって」

「……え? じゃあ、どうして無理な目標を……まさかっ、悪役令嬢の話や雫を救う手段があるって話は嘘だったんですか!? 私をからかったんですか!?」

反射的に紫月お姉様の手を払いのけた。そうして紫月お姉様を睨みつけると、彼女は席に座り直してゆっくりと首を横に振った。

「落ち着きなさい。悪役令嬢のことは本当よ。それに、妹さんを救う手段があるのも本当。ただ、貴女には知っておいて欲しいことがあったの」

「……知っておいて欲しいこと、ですか?」

「貴女に課したのは乙女ゲームのイベントを元にしたミッションだけど、決してゲームのミッションじゃない、ということを、よ」

なぜそんな当たり前のことを言われるのか、理解できないと首を傾げた。

「そんなの、言われなくても……」

「分かってる？　なら、どうして目標を達成できないと知りながら、その目標を変えようとしなかったの？」

「……目標を、変える？」

「ミッションの期限は入試の当日まで。それは、貴女がヒロインの壁となって立ちはだかるためだけど……ヒロインが貴女のステータスを確認する方法はあるかしら？」

「それは……入試の点数で分かるんじゃありませんか？」

「試験結果の詳細は部外秘よ。もちろん、調べようと思えば調べられるから、出来れば目標点は取ってもらいたいところね。だけど、入試にない項目はどうかしら？」

言われて目を見張った。

「体育は……入学までで問題ない。魅力関連も……ヒロインに出会うまでは誤魔化しが利きますね。教養は……面接があるから無視は出来ませんか」

「あら、面接なんて、質問内容をリークさせればいいでしょう」

「……は？」

思ってもないことを言われて瞬いた。そんな私の前で紫月お姉様はスマフォを取り出し、何処かに電話を掛けた。

「もしもし？　桜坂財閥の紫月ですが、理事長に繋いでくださるかしら？」

「……は、理事長？」

私が思わず声を零せば、紫月お姉様は私を見て人差し指を唇に当てた。それからほどなくして、スマフォから紫月お姉様に挨拶する声が聞こえてくる。

ずいぶんと下手に出ている感じだ。

「お久しぶりですね、理事長。今日はそちらの高校に寄付をさせていただきたくて電話を差し上げました。……え？　ふふ、残念ですが、私は入学しませんわ」

え、寄付？　と、この時点から嫌な予感が脳裏をよぎっていた。

そして紫月お姉様は、そんな私の予感を現実のものとする。

「ただ、私の妹がそちらの高校でお世話になる予定なんです。可愛い妹だから、最高の環境で授業を受けられるようにしてあげたくて。……ええ、そうです。それで寄付を」

紫月お姉様はそこまで口にすると、表情は変えずに声色だけを不安げに変えた。

「ただ、妹は面接が苦手で、それだけが心配なんです。……あら、そうですか？　それではお願いいたします。ええ、もちろん、このご恩は忘れませんわ」

紫月お姉様は通話を切って、「面接の質問内容を送ってくれるって」と微笑んだ。

その瞬間、

「お、思いっ切り不正じゃないですか――っ！」

電話中は我慢していた突っ込みが私の口から飛び出した。

「心外ね。電話で言った通り、貴女が通う学校の設備を充実させるために寄付をしただけじゃない。それの何処が不正だっていうの？」

「だ、だって、面接の質問例を送ってもらうって……」

「ええ、そうよ。あくまで面接の質問例。過去問とか、何処にでも存在するでしょう？毎年同じ内容を質問していたら、今年の質問内容と同じかもしれないけど」

「うわぁ……」

納得しちゃダメな気がする。そんな私の葛藤を見透かしたかのように、紫月お嬢様は「なら、面接の質問例は見ないようにする？」と問い掛けてきた。

そう問われて気付く。

これは、雫の命を懸けたミッションだ。ズルイからなんて理由で、妹の命を危険に晒すなんてあり得ない。悪役令嬢になると決めたときから、私の覚悟は決まっていたはずだ。

「すみません、届いたら私に見せてください」

「あら、不正は嫌だったんじゃないの？」

「……不正じゃないんですよね？　それに私が未熟な以上、手段を選んではいられません」

本当なら小細工なんてしたくない。でも、これは私の能力不足が招いたことだ。目的を達成する能力もないのに、紫月お嬢様が差し伸べてくれた手を払いのけるのは愚かなことだ。

「ふふ、覚悟は決まったようね」

その言葉に息を呑んだ。

私はいまのいままで、出来るか出来ないかじゃなくて、やるしかないと思っていた。でもそれはつまり、出来ない可能性が高いと自覚していたということに他ならない。

でも、雫の命が懸かっている以上、失敗は許されない。出来ない可能性が少しでもあるのなら、どんな手段を使っても出来るようにしなければいけなかった。

そして、ゲームではない現実のこの世界では、いくらでも裏技が使える。

今回のことで、紫月お姉様はそれを教えてくれた。

「ありがとうございます。更新後の目標は必ず達成してみせます」

「必要なら、試験の問題も取り寄せられるわよ？」

紫月お嬢様がそう言って小さく笑った。まるで、私のことを試しているかのようだ。少しだけ考えた私は、すぐに「いいえ、その必要はありません」と辞退した。

「あら、覚悟は決まったんじゃなかったの？」

からかうような口調。

　これが試されているということはすぐに分かった。

「必要なら自らの手を汚す覚悟はあります。でも、更新された目標なら努力でなんとかなります。私が手を汚すのは、自分の力でどうにも出来ないときだけです」

「いい返事ね」

　私の答えに、紫月お姉様は満足気に微笑んだ。

「それじゃ、肝が据わった貴女に次のミッションよ」

「……え?」

「恭介兄さんの提案で、貴女が桜坂家の養女に相応しいかどうか、私の両親が試験をすることになったことを覚えているわね?　その試験の日取りが決まったわ」

　忘れていた訳じゃない。両親との面会が入試よりも前にあるだろうことも予想していた。でも、まさかこんなタイミングでそのことを告げられるとは思ってもみなかった。

　しかも、この目標は変えられない。

　両親から失格の烙印《らくいん》を押されれば、雫を救うことが出来なくなる。

　そう考えただけでも手の震えが止まらない。

「……ちなみに、認められなかった場合はどうなりますか?」

「少なくとも、悪役令嬢にはなれないわね」

　予想通りの答え。だけど、そう……予想通りの答えだ。今回の一件に対する覚悟は出来ていたはずだ。それなのに動揺している理由は、このタイミングで言われたことに他ならない。

「紫月お姉様、さてはドSですね?」

「愚問ね。私の正体を忘れたの?」

「そう、でしたね」

私の目指している悪役令嬢のオリジナルが彼女だ。

目標は果てしなく高いけれど、私はその頂《いただき》にたどり着かなくてはいけない。

どれだけ不安でも、私は成功し続けなければならない。だから——と、私は震える手でスカートの端を握り締め、紫月お姉様に向かって無理矢理に笑顔を浮かべてみせた。

「必ず、ご両親に認められてみせます」

4

私が桜坂家の養子に相応しいかどうか、両親がその目でたしかめる。その試験として、桜坂グループが経営するホテルで両親と食事をする、というミッションを与えられた。

ということで、マナーを学ぼうとした私だけど、そこに現れたシャノンに捕まった。そうして着替えさせられると、そのまま車に放り込まれる。

「……何処へ連れて行くつもり？」

「ヘアサロンとエステ、それに自社ブランドの洋服店です」

「あ、あぁ、そっか。身だしなみもちゃんとしないと、だよね」

まだ専門的なことは学んでいないけど、高級ホテルのレストランにドレスコードがあることくらいは予想出来る。

「……って、私、そんなにお金、ないんだけど」

「桜坂家のご令嬢がなにを言っているんですか？　先に言っておきますが、お店で値段を気にするような素振りは止めてくださいね」

「うぐっ、気を付けます」

「あと、今日からご両親との会食の日まで、夜更かしは禁止です」

「え!?　がんばらないと間に合わないんだけど」

「では、夜更かしをする代わりに、努力で目の下のクマを消してください。それが出来ないのなら、健康的な生活でクマを消して、限られた時間で成績の方をなんとかしてください」

「……わ、分かったよ」

どんな手を使ってもやるしかないということだ。最悪、メイクアップアーティストを呼んでもらって、クマを隠してもらうという方向でなんとかしよう。

——と、そんな感じで、おしゃれ関係も本格的にテコ入れを始めた。

オシャレには憧れていたけど、私が思い描いていたのはもっとフワッとオシャレを楽しむことだ。こんな、綺麗になることに命を懸けるような想定はしていない。

もちろん、テーブルマナーも忘れてはならない。マナーを身に付けるためには実践が一番ということで、朝昼晩の食事を使って、徹底的にテーブルマナーを叩き込まれた。

もちろん、勉強は普段通りに続けつつ、だ。

こうしていままで以上に忙しく、だけど健康にも全力で気を使った三日間が過ぎ、ついに両親との会食の日がやってきた。

「澪お嬢様、髪型はハーフアップでよろしいですか？」

シャノンを筆頭に、桜坂家のメイド達が私を着飾っている。髪や顔、それにお肌はもちろん、爪の先までエステで磨き上げられた私をブランド品が包み込んでいく。

純金のチェーンで吊られたオフショルダーのブラウスは暖かそうなグリーンに染められており、スカートは暖かいカシミヤの生地を使った、赤のハイウエスト。足元はガーターで吊ったニーハイのストッキングにブーツという出で立ちだ。

そのコーディネートを用意したのはシャノンである。ファッションセンスを勉強中の私は丸投げしたんだけど、にもかかわらずお嬢様風のファッションは私の好みど真ん中。

さすがと言うほかはない。

私はその上にカシミヤのショールを羽織り、下は編み上げのブーツを履いてリムジンに乗り込んだ。いまの私を見て、中身が庶民の女の子だと見破る者はほとんどいないだろう。

……紫月お姉様みたいな、本物のお嬢様には見破られそうな気がするけど。というか、紫月お姉様に見破られるなら、ご両親にも見破られるのでは……？

あぁぁ、そう考えたら不安になってきた！

でも、やるしかない！

絶対認めてもらうんだと意気込んでいると、リムジンが桜坂グループが経営するホテルの前に到着する。すぐにドアマンがリムジンのドアを開けてくれた。

冬の寒気がさぁっと吹き抜けた。

地面に降り立ち、静かにホテルを見上げる。決して成金趣味じゃない。上品でありながら、高級感のあふれる装飾が施された高層ビルがそびえ立っている。

いよいよ、桜坂財閥の先代当主の息子夫婦——つまりは私の里親とご対面である。

ちなみに、二人は先代当主の息子夫婦という肩書き以外にも、お父様はこの桜坂ホテルの会長、そしてお母様は洋服を手掛ける桜ブランドの会長という肩書きを持っている。

ほんと、なんというか……規模が違う。

驚きすぎて、どうりでいつも家にいないはずだよと、妙に感心してしまったほどだ。

とにもかくにも、私はドアマンの案内でホテルの中に足を踏み入れる。

すぐに冬の冷たい空気が閉め出され、湿度の保たれた暖かい空気が肌を包み込む。いまの一瞬のためだけに身に付けていたショールは脱いで、それをホテルの受付に預けた。

預かり証はシャノンに手渡し、ベルマンに桜坂家の娘であることを告げた。

「お待ちしておりました、澪お嬢様。どうぞこちらに、最上階でご両親がお待ちです」

ベルマンがあらかじめ呼んでいたエレベーターに乗り込んだ。

正面はガラス張りで、そこから夜の街並みが広がっている。わずかに重力が増し、景色がみるみる小さくなっていく。

わずか一分足らずで百メートル以上を昇り、エレベーターは静かに停止した。

ぎゅっと目を瞑り、ブラウスの胸元に指を添えて深呼吸を一つ。私はエレベーターが開くのに合わせて目を開き、滑るように廊下へと踏み出した。

そうして案内されたのは最上階にあるレストランのＶＩＰルーム。

約束の十分前だけど、既に夫妻は到着しているという。私はそれを確認した上で部屋の前に立つ。ベルマンがノックをして、中の二人に私の来訪を告げた。

「入るように伝えてくれ」

中から聞こえるのは、少し若い、けれど厳かな声。ベルマンは「かしこまりました」と応じると、私に「どうぞ、ご両親が中でお待ちです」と頭を下げる。

「ありがとう」

私はかろうじて微笑んで、内心ではパニックになりそうな心を必死に押さえ込む。

いまの私は桜坂財閥のご令嬢、悪役令嬢の澪だ。そう言い聞かせて、なんとか自分の平常心を保とうとする。私は意を決して部屋の中へと足を踏み入れた。

二人は席に座ったまま私を迎えた。彼らが座る席の向かいに立ち、張り詰めた緊張感の中、集中力を発揮してカーテシーをおこなう。

「お父様、お母様、お初にお目に掛かります。紫月お姉様のご提案と、お二人のご厚意で養子にしていただくという栄誉に与《あずか》りました澪にございます。どうぞお見知りおきを」

シャノンさんと相談して決めた挨拶だ。だから、挨拶に問題はない。問題があるとすれば、その挨拶を口にする私の立ち居振る舞いだ。

指の先々まで神経を張り詰めさせて、一分の隙もないように挨拶をする。

何度も練習した成果をここで発揮する。

カーテシーは膝を曲げても腰は曲げず、まっすぐに夫妻の姿を視界に収める。

さすが紫月お姉様のご両親というだけあって、二人とも品がよく、それでいて華やかさも持ち合わせている。そんな二人が顔を見合わせて頷き合い、視線を戻したお父様が口を開いた。

「三十点」

そんな――と、悲鳴を上げそうになる。予想外の質問でボロが出ることは危惧されていたけど、決められた動きをこなすだけなら及第点だとお墨付きをもらっていた。

なのに、いきなり三十点は予想外だ。

でも、お姉様に三点と言われたときのように気を抜いたりはしない。

「なにぶん若輩者ですゆえ、なにか失礼があったのならご容赦ください」

未熟だから許して！　と、礼儀よく訴えかける。

「なるほど、報告にあった通りだな」

「ええ、本当に。紫月も面白い子を見つけたものね」

さきほどまでの圧力が霧散して、穏やかなやりとりが聞こえてきた。

お父様が「驚かせて悪かったね、少し試させてもらったよ」と笑った。続けて、お母様からは「聞きたいこともあるでしょう。まずはお掛けなさい」と席を勧められる。

私は戸惑いながらも、それを表には出さずに席に座る。

ひとまず、第一関門はクリアできたと思っていいのかな？　まだ会食は始まってすらいないというのに、私の精神力はギリギリのところまで削られている。

このままへたり込みたい気分だけど、妹のためにと歯を食いしばった。

お父様は桜坂深夜《しんや》。

黒髪に黒い瞳、一見すると地味な容姿にも見えなくないけれど、顔立ちは超イケメンのおじさまである。さすが、紫月お姉様のお父様、といった感じだ。

続けてお母様は桜坂深雪《みゆき》アメリアという。

ブロンドの髪に、澄んだ青い瞳。紫月お姉様の産みの親のはずなのだけど……どう見ても二十代前半くらいにしか見えない。ものすごく綺麗なお姉さん、といった感じだ。

この二人に気に入られないと、私の、妹の将来はない。なにから話せばいいかなと考えを巡らせていると、お母様がふわりと笑った。

「さあさあ、そんなに堅くならないで。今日は無礼講だから、もっと楽にしてちょうだい」

私は微笑みで応じつつ、無理難題来たよ！　と心の中で悲鳴を上げる。

無礼講とは、礼儀作法や身分差を無視しておこなう宴会のことである。その言葉通りなら、私は素の態度で二人と接しても構わないということになる。

でも、それは罠だ。

想像してみて欲しい。無礼講の席で、上司が部下にお酒をつぐだろうか？　あるいは、上司のグラスが空なのを放っておいて、部下は許されるだろうか？

答えは許されない。

無礼講とは、身分差を気にせず振る舞ってもかまわない宴会ではない。上司が部下に、身分を関係なく自分を慕っていることを証明させる宴会なのだ。

――と、シャノンから教えられた。

正直、私に宴会のことは分からない。でも『身分差は気にしなくていいよ』が、『身分差に関係なく気にして欲しい』という解釈になるのはなんとなく分かる。

　だから、この無礼講も言葉通りの意味ではないだろう。

　じゃあ、この場合の答えはなんだろう？　純粋に、お父様とお母様を慕っている自分を見せればいいのだろうか？　そんなことを考えていると、お母様がクスクスと笑う。

「この娘《こ》、目がせわしなく動いてるわね」

「実に興味深い。あれこれ深読みしているようだな」

　二人が話し合っているけれど、私にはなんのことか分からない。どう対応すればいいのだろうとテンパっていると、お母様がもう一度「楽になさい」と口にした。

　その言葉には私を気遣うほかに、そうしなさいという明確な意思が込められていた。

「分かり、ました」

　彼女の言葉に逆らってはいけない。そんな本能に従って、努めて身体の力を抜いた。その瞬間、お母様が楽しそうに笑い声を上げた。

「見ましたか、あなた。この娘、わたくしの意図を明確に読み取りましたわ」

「なるほど。未熟だが愚かではない、か。紫月が言った通りだったな。澪、おまえの素質は十分に見せてもらった。今回の試験は合格だ」

「……え？」

「よかったわね、澪ちゃん」

二人から掛けられていた圧力が消えている。

私は安堵からテーブルに倒れ込みそうになり――寸前のところで踏みとどまった。試験が終わったとしても、二人との会食が終わった訳じゃないから。

そうして緊張感を保つと「今度こそ、本当に合格」とお母様が呟いた。

今度こそ、本当に――ということは、さっきの合格は嘘だったということかな？　というか、本当に合格という言葉が本当に合格という意味だと信じてもいいのかな？

私はちょっと疑心暗鬼になってしまう。

でも、お母様はくすくすと上品に笑って、ウェイターに視線で合図を送った。

ほどなく、私達の席に料理が運ばれてくる。

さっきのは最初の試験で、次はテーブルマナーの試験とか言うのかな？　そんなふうに警戒していると、お父様が「ほどほどにがんばりなさい」と言った。

「……ほどほど、ですか？」

「澪、キミが私達の娘となる以上、財界人としてのマナーは完璧に身に付けなくてはいけないよ。だけど、それは今日じゃなくてもかまわない」

「澪ちゃん、現時点での貴女のマナーは落第点もいいところよ。だけど、マナーを学び始めてから、まだ三週間しか経っていないでしょう？　その成長速度は目を見張るものがあるわ」

二人は手元のスマフォに視線を落とした。

それを見て気付く。スマフォに入っているアプリに表示された私のステータスは、過去のデータを含む、家庭教師の先生への聞き取りで算出した私の成績表だ。

これほど分かりやすいデータを、紫月お姉様が両親に見せていないはずがない。

つまり、将来性を加味しての合格。それを理解した私は、また紫月お姉様に助けられちゃったなと独りごちた。それから二人に「ありがとうございます」と頭を下げる。

こうして、二人との会食が始まった。試験が終わりという言葉は真実だったようで、二人は私に至らぬところがあっても笑って許してくれた。

二人は庶民の暮らしに興味があるようで、実家のことをいくつか質問された。それから、妹のことを聞かれ、妹のためにバイトをしていたと話したら妹想いだと褒められた。

そうして、私達は少しずつ打ち解けていった。

「しかし、ある娘を養子に引き取って欲しいと、紫月からお願いされたときはなにごとかと思ったよ。なんせ、いきなりのことだったからね」

ワインを口にして饒舌になったのか、お父様がおもむろにそのようなことを口にした。

「えっと……ごめんなさい。ご迷惑でしたよね？」

「ん？　あぁいや、驚きはしたが、迷惑とは思っていないよ。澪、キミの人となりを知ってからは特にね。ただ、紫月はあまり同世代の子供に興味を示さなくてね。だから、キミを引き取って欲しいと言われたときは本当に驚いたんだ」

お父様がそう言うと、お母様が頬に手を添えて「本当にね」と同調した。

なんか、提案したのが紫月お姉様だったから驚いた、みたいに言ってるけど『この子をうちの子にして欲しい』と娘が女の子を連れてきたら、誰だって驚くと思う。

やっぱり、庶民と財閥の人間のあいだには価値観の違いがあると思う。

「親バカと思われるかもしれないけど、紫月は小さい頃からとても賢くてね。同世代の子供と遊ぶのは退屈だと言って、友達を作ろうとしなかったんだ」

「わたくし達は、紫月ちゃんがあなたを連れてきたこと、とても嬉しく思っているのよ」

二人は私が、紫月お姉様の友達になることを期待してるみたいだ。

だから私は少しだけ胸を痛めた。悪役令嬢となって、彼女の代わりに破滅する。そんな私が、彼女のよき友人になれるとは思えないから。

だけど、それでも――

「私は紫月お姉様に大きな恩があります。だから、私が妹として紫月お姉様に出来ることがあるのならなんだってしてします。それに、紫月お姉様と仲良くしたいって、心から思ってます」

「……そうか、キミはいい子だな」

「紫月ちゃんと仲良くしてあげてね」

二人は目元をそっと拭って笑みを浮かべた。

こうして、両親との初めての会食は無事に終わった。

そして帰り際。

お父様が思い出したかのようにカードを差し出してきた。

「澪、キミにクレジットカードを渡しておこう。なにか欲しいものがあればそれで買いなさい。月に百万まで使えるから、それを超えるようなら相談するといい」

私は咽《む》せた。

来年から高校生になる、それも義理の娘のお小遣いが月に百万円。しかも、それを超えるようなら相談しなさいって、相談したら使ってもいいの？

お父様がこんなことを言ってるけど、止めなくていいんですか？　と、お母様に視線で問い掛ける。彼女は私の言いたいことを理解してくれたようで、お父様をきっと睨みつけた。

「あなた、妹さんのためにがんばって、そのうえ紫月のためならなんでもするなんていう健気な娘に、たかだか百万しか使わせないつもりですか？」

「ふむ、深雪の言う通りだ。カードの二、三枚……いや、ブラックカードを作るべきか」

違う、そうじゃないよ！

「あ、あの、ちょっと待ってください。私にそんなカードを渡されても扱えません。それにブラックカードってたしか、限度額がないんじゃありませんか？」

私がそう尋ねると、お母様がふふっと笑った。

「あらあら、勉強不足ね、澪ちゃん。ブラックカードの限度額は数千万程度よ。限度額がないカードなんて、中学生の女の子に渡すはずがないじゃない」

ブラックカードって限度額があったんだ、知らなかった。というか、月に数千万程度なら、高校生のお小遣いとして常識の範囲みたいに言わないで欲しい。

……桜坂家では常識の範囲なのかな？

「私、分不相応なカードは受け取れません。でも、桜坂家の娘として当然のことだというのなら努力します。だからまずは一枚だけ……使わせていただけますか？」

「ええ、もちろんよ。毎月限度額まで使える程度にはがんばりなさい」

お母様がお父様の手からカードを受け取り、それを私に手渡してくれた。私はそれを大切に受け取り、手提げ鞄の中にしまう。

こうして、私はちょっぴりだけ桜坂家の令嬢らしくなった。

5

両親に認められたことで、私は正式に桜坂家の養女となった。でもそれは、私の行動に桜坂家の娘としての責任が伴うようになった、ということでもある。

私はその責任の重さを考えながら、いままで以上に気を引き締めて日々を過ごした。そうして私が桜坂家の子供となってから一ヶ月と少しが過ぎ、ついに入試の日がやってきた。

試験当日の朝。

私は身だしなみを整え、中学の制服に袖を通した。だけど、なんだかしっくりこない。冬休みの後は学校を休んでいたこともあり、しばらくぶりに制服を着たからだろうか?

そんなふうに首を傾げていると、それに気付いたシャノンが声を掛けてくれる。

「澪お嬢様、どうかいたしましたか?」

「うん、なんかこの制服、変じゃない?」

「いいえ、問題はありません。違和感があるのだとすれば、澪お嬢様が変わられたからではありませんか? この一ヶ月で外見はもちろん、立ち居振る舞いも美しくなられましたから」

「そうなのかな?」

自分では分からないと小首を傾げる。

「それよりも澪お嬢様、そろそろ気持ちを入れ替えてください」

「あっと……そうだったね」

私は一度目を瞑り、自分は桜坂家のご令嬢、悪役令嬢だと自己暗示を掛ける。

素の振る舞いを変えることはまだ出来ていないけど、こうして自己暗示を掛けることで悪役令嬢らしく振る舞うことが出来るようになった。

私はパチリと目を開き、それから肩口に零れ落ちた髪を手の甲で払った。

「そろそろ試験会場に向かうわ」

「かしこまりました」

シャノンを伴って玄関へと向かう。

玄関を出ると、リムジンの前で紫月お姉様が出迎えてくれた。

「澪、分かっているわね？」

「……ええ。わたくし、紫月お嬢様の顔に泥を塗るような真似はいたしませんわ」

悪役令嬢ムーブ。いまは悪役令嬢のお仕事中だと自己暗示を掛けている私は、紫月お嬢様の立ち居振る舞いを真似て微笑みを浮かべた。

「上出来よ。いまの貴女なら試験に落ちることはないでしょう。だけど、悪役令嬢としてヒロインの前に立ちはだかるにはただ合格するだけじゃダメ。それは分かるわね？」

私はこくりと頷く。これは悪役令嬢である私のミッションだ。ヒロインの壁になるべく、要求された数値まで成績――ステータスを伸ばしてきた。

後は、その実力を試験で発揮するだけだ。

「どうか、安心してお待ちください。必ず、ご期待に応えてみせますわ」

私がそう口にすると、紫月お姉様は目を瞬いて――それから思いっ切り破顔した。

「ええ、信じているわ。行ってらっしゃい、澪」

「はい、行ってまいります」

私は微笑みを残し、優雅な仕草でリムジンへと乗り込んだ。

試験を受けるのは、都内にある財閥御用達の私立高校。その学園に入学する三人の攻略対象の誰かと、ヒロインをくっつけるのが私の使命だ。

でも私は、まだヒロインや攻略対象の名前くらいしか知らない。本当は頭に入れておくべきことがたくさんあるけれど、まずはこのミッションをクリアするのが最優先だった。

試験に合格したら、原作乙女ゲームのシナリオについても勉強しよう。そんなことを考えながら試験会場の席に着くと、周囲の雑音が耳に入ってくる。

試験を心配する友人同士の会話や、見覚えのない令嬢に興味を示す人達の会話。でも、いまの私には必要のない情報だと意識から閉め出した。

ほどなく試験官が入室し、軽い説明の後にプリントが配られる。それに向き合い、私は家庭教師の先生達から学んだことを思い出しながらペンを走らせた。

こうして、午前の試験は無事に終わった。自己採点ですべて満点——なんてことはさすがにないけど、目標の成績には十分届いていると思う。その程度の手応えは感じていた。

それよりも問題なのは、昼休みが一時間近くあるということ。

入試に必要なことを優先的に勉強したいまの私は張りぼてのお嬢様だ。だから他人と接点を持ちたくないのに、なぜか周囲の人達から注目を浴びている。

それに気付いた私は、休み時間のたびに、予習をしているから私に近付くなというオーラを出すことで事無きを得ていた。けど、昼休みはそうもいかない。

誰かに話しかけられる前に昼食を食べ終え、すぐに人気のない中庭へと退避した。

「うわぁ……さすが、財閥の子息子女が集まる学園だね。なんというか……規模が違うよ」

中庭に庭園があった。

いや、そりゃ中庭なんだから、庭があるのは当然だと思うかもしれない。

でもそこに広がるのは、学校の中庭と聞いて思い浮かべるようなちゃちな庭じゃなく、観光地にありそうな立派な庭園である。

すごいなぁ～と感心しながら庭園の中を歩く。そんな私の耳に、女の子の話し声が聞こえてきた。すぐに背筋を正し、自分は悪役令嬢のお仕事中だと暗示を掛け直した。

手の甲で、肩口に零れ落ちた髪をさっと払う。優雅に、そしてしたたかに振る舞う。私はいつでも邂逅《かいこう》できる準備を済ませたけれど、声の主達は近付いてこない。

来ないのなら、あえて接触する必要はない。踵を返そうとした私の耳に、「なんとか言ったらどうなの、庶民？」と相手を侮辱するような声が聞こえてきた。

もしかして、イジメの現場？　こんな、試験の真っ最中なのに？

さすがにあり得ないと思いたい。

だけど私は、シャノンから言われたことを思い出した。

言い方は悪いけど、この学園はお金とコネさえあれば入学できる。

よって、この学園に通う人間は三種類いる。

財閥の子息子女としてたゆまぬ努力を続ける者達と、財閥の子息子女であることしか誇るものがない者達。そして、優秀であることを理由に入学した庶民の子供達である。

ゆえに、財閥の子息子女であることしか誇るものがない者達は、成績優秀な庶民に嫉妬し、その生まれを見下す傾向にある。

もしかしたら、そういった女の子が、庶民の女の子に絡んでいるのかもしれない。そう思って曲がり角から顔を覗かせると、そこには予想通りの光景が広がっていた。

壁際に人影が一つ。

二人の女の子が、その人影を取り囲んでいる。

テンプレすぎて溜め息しか出ない。

関わるのはまずいから、さっさと先生を呼んでこよう。そう思った瞬間、足元に落ちていた木の枝を踏んでしまった。その枝が折れて、思いのほか大きな音が鳴る。

「――誰っ⁉」

曲がり角の向こうから警戒する女の子の声が響いた。

ここで慌てふためいて逃げるなんて、桜坂家の令嬢には許されない。必死に頭を働かせた私は、逃げずに対応するという選択をした。

私が桜坂家の悪役令嬢であることを強く意識して、意を決して彼女達の前に姿を晒した。

「ずいぶんと騒がしいわね。一体なにごとかしら？」

肩口に零れ落ちた黒髪を手の甲で払いのける。胸の下に添えた左手は服の生地を強く握り締め、押し寄せてくる恐怖に耐え忍んだ。

不安なのは相手も同じはずだ。実際、相手も突然の乱入者に動揺しているようだった。

でも――おそらく私が身に付ける公立の制服を見て嘲《あざけ》るような表情を浮かべた。

「貴女、見ない顔だけど、私達の邪魔をするつもり？」

「生意気な態度ね。名を名乗りなさい」

女の子を虐めていたとおぼしき二人の女の子が詰め寄ってくる。

私が学んだ財界のプロトコール・マナーは、声を掛けるのは目上から、である。

これは、そうしなければ、財閥の人間に売り込みを掛ける者が群がってくるから、という理由に他ならない。あくまで原則であり、絶対にそうしなければならないルールではない。

それを踏まえても、彼女達の態度は私を完全に見下している。それを見過ごせば、桜坂家の名を汚すことになってしまう。

だけど——現時点では、相手の家柄の方が上位である可能性も否定できない。相手が上位であった場合、ここで異論を唱えるのは逆効果だ。恭介さんに突っかかったときのように、相手の身分も考えずに食ってかかり、紫月お姉様に迷惑を掛けることは許されない。

だから——

「あら、ごめんなさい。名乗るのが遅くなってしまったわね。わたくしは桜坂 澪よ。寡聞にも貴女達のお名前を知らないので、伺ってもよろしいかしら?」

相手が万が一に目上でも、この聞き方ならば問題はない。そして、相手が私の想像通りに目下だったのなら、いまのセリフはこういう解釈になる。

『桜坂家の娘であるわたくしに向かってそのような無礼な物言いをするなんて、潰されたいのはいったい何処の家の小娘かしら?』——と。

私の想像通り、相手は桜坂家の名前を聞いて青ざめた。二人は慌てて「さっ、桜坂家のお方だとは知らずに大変失礼いたしました！」とペコペコ頭を下げ始める。

「気にする必要はないわ。それより、そろそろ試験が再開される時間よね?」

「そ、そうでした。お先に失礼いたします！」

実際にはまだ余裕のある時間だ。けど、ここから立ち去りなさいという意図は正しく伝わったようで、彼女達は蜘蛛の子を散らすように逃げていった。

それを見届けた私は大きく胸をなで下ろす。

……通用して、よかった。桜坂家のご威光様々だね。相手が上位の家の子、あるいは同等の家の子だったら絶対に面倒事になってたよ。

桜坂財閥の序列は第三位。

それに、私の養父は先代当主の息子で現当主の弟。

つまりは分家に当たる。

私が養子であることを除いても、私と同等以上の子供はそれなりに多い。もちろん、そのすべてがこの入試会場にいる訳ではないけれど……決して無視できない人数だ。

それに当たらなかったのは本当に運がよかった。

「あの、助けてくれてありがとうございます」

控えめな口調でお礼を言われる。

そういえば、絡まれている女の子が残っていた。それを思い出した私は、再び悪役令嬢を意識して、「大丈夫だったかしら?」と振り向いた。

振り向いて――その頭上にクエスチョンマークを飛ばした。

あれ、この子、何処かで、見た、ような……？

光の加減で緑にも見える黒い瞳。栗色の髪に縁取られた小顔には人当たりのよさそうな顔。可愛らしい顔立ちだけど、いくら思い返しても、その顔に心当たりはない。

気のせいかなと思った直後、彼女の制服が目に入った。

あれ、この制服、まさか……？

「私、柊木乃々歌って言います」

あぁあああぁぁぁぁ、この子、ヒロインだっ⁉

なにやってるの私、悪役令嬢がヒロインを助けてどうするの⁉

お、落ち着け。冷静になるのよ、私。

私の役目はお邪魔虫になって、ヒロインと攻略対象の関係を焚きつけること。ヒロインとはどうせ知り合うことになるんだから、ここで知り合うだけなら問題はない。

問題なのは、ここで仲良くなってしまうことだ。

「助けてくれてありがとうございました。あの人達に、ここは庶民が来る場所じゃないって詰め寄られて、私もそうなのかもって不安になって……だから、その、ええっと……助けてもらえて、すごく嬉しかったです！」

キラキラ笑顔がすごく眩しい。

いまのやりとりだけで、この子がヒロインに相応しい性格の持ち主なんだって理解する。

私がなにも知らずにこの娘と出会っていたら、きっと仲良くなっていただろう。

でも……ダメ。

私がヒロインと仲良くなったら、悪役令嬢の役目を果たせない。

役目を果たせなければ、恩人の紫月お姉様に仇《あだ》を返すことになる。原作乙女ゲームのバッドエンドになって、日本に未曾有の金融恐慌が訪れる。

そうなったら、雫のことを救えない。

だから、私は彼女を突き放さないといけない。

「勘違い、しないでくださる？　わたくしは貴女を助けた訳じゃないわ。ただ、この学園の生徒を目指すに相応しくない人達が目障りだっただけよ」

腰に手を当てて、ツンと逸らした顔で乃々歌ちゃんを見下ろした。その視線には、この学園に相応しくないのは貴女も同じだという意思を込める。

そんな私の意思が伝わったのだろう。乃々歌ちゃんは不安そうな面持ちになる。

急に財閥の家の養子になって、財閥御用達の学校の入試を受けることになり、周りが価値観の違う人ばかりで不安に思っているのだろう。乃々歌ちゃんの背景を知り、同じような境遇でここにいる私には、いまの彼女の心境が手に取るように分かった。

そんな彼女を突き放すことに酷い罪悪感を覚える。

だけど、私は心を鬼にして、そこから更に一歩を踏み出す。

「貴女も目障りよ。庶民かどうかなんて関係ないけど、貴女の立ち居振る舞いがこの学園に相応しいとは思えないわ。貴女がこの学園に入学するつもりなら、この学園に合わせるのは人として当然の礼儀でしょう？　そんなことも分からないから、あの子達に見下されるのよ」

そんなふうに突き放されるのは予想外だったのか、乃々歌ちゃんはぽかんと口を開けた。可愛らしいけど、令嬢としてはやっちゃいけない表情だ。

「なに、その間の抜けた表情は。淑女はそんな顔をしないわよ」

なんて、偉そうな口を利いているけど、私だって庶民だし、立ち居振る舞いは張りぼてもいいところだ。それなのにずけずけと彼女を傷付けて……すごく胸が痛い。

「さて、試験があるからわたくしは失礼するわ」

私はそう言い放ち、踵を返して彼女から逃げ出した。

表面上は取り繕えたはずだ。でも、内心はボロボロだった。こんな調子で、悪役令嬢としてやっていけるのだろうか？　そんな不安に苛《さいな》まれながら、私は午後の試験に挑んだ。

6

不測の事態は生じたけれど、午後の試験も無事に終わらせることが出来た。そうしてお屋敷に帰ると、エントランスホールで紫月お姉様が出迎えてくれた。

「おかえり、試験はどうだった？」

「試験は、大丈夫だと思います」

トラブルはあったけど……と心の中で呟く。

「……そう。解答は問題用紙に写してあるわね？　採点してあげるから貸しなさい。それと、今後の話もあるから……そうね、夕食前にわたくしの部屋に来なさい」

「分かりました」

解答を写した問題用紙を手渡して、私自身は部屋に戻る。

一息吐《つ》いて、身に付けていた制服を脱ぎ捨てた。代わりに身に付けるのは、シャノンが用意してくれたお嬢様風の……というか、お嬢様の服。

上は刺繍を施したブラウスにカーディガン。下はハイウエストのスカートに、ガーターベルトで吊ったニーハイソックスという私の定番になりつつあるコーディネート。

紫月お姉様のファッションと少し違う辺り、私の容姿や趣味を反映しているのだろう。

それらを身に付け、最後に鏡の前で身だしなみをチェックした私は、シャノンが用意してくれた紅茶を片手にしばしの休息。頃合いを見て、紫月お姉様の部屋へと向かった。

お姉様がいるのは寝室の方ではなく、その隣にある執務室。部屋を訪ねると、執務椅子に座ったお姉様が、ものすごい勢いで答え合わせをおこなっていた。

「お姉様、すごすぎじゃないですか？」

答えが合っているかを確認するだけとはいっても、その速度は尋常じゃない。問題と答えを完璧に理解していなければ、これだけの速度は出せないだろう。

紫月お姉様が試験を受けていたら、首席で合格していたかもしれない。

「……ん？　あぁ……そうね。わたくしはほら、二度目の人生だから」

少し物憂げに語る。そういえば、紫月お姉様の前の人生はどんなだったんだろう？　聞いてみたい気もするけれど、気軽に聞いてはいけない気もする。

なんにしても、二度目の人生だからといっても、本人の努力がなければ成長もない。紫月お姉様もまた、血の滲むような努力をずっと続けているのだろう。

そんなことを考えていると、採点する紫月お嬢様の手が止まった。

「うん、予想よりもよい点を取っているわね。壁となってヒロインの前に立ち塞がるに相応しい成績を取れていると思うわ。もしかして、本番に強いタイプなのかしら？」

「ほんとですか？」

これがゲームなら、要求ステータスを満たした時点でミッションは達成だ。でも現実はそうじゃない。試験当日に調子が出ないこともあれば、ヤマを大きく外すこともある。

だから、本番に強いというお墨付きは、私に大きな安堵をもたらした。

だけど、安心している場合じゃない。今回のミッションは、悪役令嬢のお仕事の始まりに過ぎない。これから本格的なミッションが始まるはずだ。

だから――

「紫月お姉様、後回しにしていた授業をすぐに受けさせてください」

「いい心がけね。手配は終わっているから、今日から授業を再開なさい。ただその前に、原作乙女ゲームのストーリーや、最初のイベントについて説明しておくわね」

「あ、はい。お願いします！」

私はメモを取るべく、スマフォのメモ帳を開こうとした。でも紫月お姉様が、アプリの方に詳細を送るから、メモは取らなくても大丈夫だと教えてくれた。

私は紫月お姉様の話を聞きながらアプリを開き、そこに表示されるメッセージを確認する。

「まず、攻略対象はメインが一人とサブが二人よ。他にも隠し攻略対象なんかがいるけど、私が目指すルートにはいまのところ関係ないから気にする必要はないわ」

言われて、アプリに表示されたプロフィールを確認する。メイン攻略対象の雪城　琉煌。それからサブ攻略対象の桜坂　恭介と、同じくサブ攻略対象の月ノ宮《つきのみや》　陸《りく》。

財閥序列一位の雪城家、二位の月ノ宮家、三位の桜坂家。日本の三大財閥のご子息の三人が乙女ゲームの攻略対象で、金融恐慌を回避する鍵となる人物のようだ。

「攻略対象が三人ですか。目指すルートは誰のルートでもいいんですか？」

「三人のルートならどれでも金融恐慌は回避できるわ。ただ、妹さんに治療を受けさせることを考えると、メイン攻略対象である琉煌のルートを目指す必要があるわ」

「分かりました」

結果的に、私が目指すのは琉煌さんのルートに限られる、ということだ。

それを受け、アプリに記載される琉煌さんの情報が更新された。

琉煌さんには病弱な妹がいて、その妹のことを殊更可愛がっているらしい。だから、その妹と仲良くなるイベントを発生させると、琉煌さんのルートが解放されるそうだ。

なお、妹と仲良くなるイベントは文化祭で発生すると書かれていた。

「文化祭ですか。ずいぶんと先ですね」

「ええ。それまでは、素っ気なくされるイベントが続くはずよ」

「なるほど。では、本番は文化祭から、という訳ですね」

「そうなるわね。ただ、琉煌ルートでハッピーエンドを目指すには、ヒロインを中心に、三人を結束させる必要があるの。だから、サブ攻略対象とのイベントも無視は出来ないわ」

「……難しいですね」

誰か一人の好感度を上げまくれば、簡単にハッピーエンドに向かうような乙女ゲームも珍しくはないのだけど、この世界の元となる乙女ゲームはそう簡単じゃないらしい。

みんなで力を合わせ、金融危機に立ち向かう――といった感じだろう。

「じゃあ、最初のイベントはいつ始まるんですか?」

「入学式の日にある、新入生歓迎パーティーよ。いま詳細を送るわね」

紫月お姉様が自分のスマフォを操作すると、再びアプリの情報が更新される。

アプリを確認すると『新入生歓迎パーティーで、月ノ宮 陸と踊れ』というタイトルのミッションが表示された。その文字をタップして詳細を確認する。

原作乙女ゲームの舞台となる蒼生《そうせい》学園は、入学式の後に新入生歓迎のパーティーがおこなわれるらしい。そのパーティーで乃々歌ちゃんは陸さんと再会し、再会の記念にダンスを誘われる。それを邪魔して、代わりに陸さんと踊るのがミッションのようだ。

文字通りのお邪魔虫。人がよさそうな乃々歌ちゃんに嫌がらせをすることになる。

それを理解して胸がチクリと痛んだ。

「……澪、出来るわね?」

「やります」

拳をぎゅっと握り締めて頷いた。攻略対象とくっつけるために必要だから——なんて言い訳にもならない。これからやろうとしているのは悪いことだ。

だけど、それでもやらなくちゃいけない。

私は妹のために悪役令嬢に徹すると決めている。

「……ところで、再会の記念に——ということは、既に二人は出会っているんですか?」

「ええ。貴女には試験に集中してもらうために教えていなかったけど、ヒロインは試験会場で差別意識の強いお嬢様達に絡まれて、そこに登場した月ノ宮 陸に助けられているの」

「へ、へー、ソウナンデスネ」

思わず片言になってしまった。間違いない、乃々歌ちゃんを助けたあれのことだ。もしかして私、いきなり原作のストーリーをねじ曲げてしまった？

どうしよう？　本当なら報告するべきだけど、ここでイベントをぶち壊したことを打ち明けて、『じゃあ、貴女に悪役令嬢は無理ね』と切り捨てられたら妹が救えない。

それを避けるためには黙っているべきだ。

だけど、本当にそれでいいのだろうかと自問する。紫月お姉様は私を信じて悪役令嬢を任せてくれたのに、私が彼女に不義理を働いても許されるのだろうか？

……ダメだ。

私は悪役令嬢だけど、その魂までも悪に染まるつもりはない。

「あの……実は、そのイベント、私が介入してしまったかもしれません」

叱責も覚悟の上で打ち明ける。

だけど、紫月お姉様の反応は私の予想と違っていた。

「ええ、知っているわよ」

「……はい？」

「虐められているところに遭遇してしまったのでしょう？　不幸な事故だけど、その後の対応はギリギリ及第点ね。……わたくしに隠さず報告したことも含めて」

　ゾクリと寒気がした。

　紫月お姉様は知っていた。全部知った上で、私が打ち明けるかどうか試していたのだ。もし隠していたら、その時点で見放されていたかもしれない。

　あ、危なかったよぉ……

「そんな顔しないの。貴女なら打ち明けるって信じてたわ」

「でも、打ち明けなかったら、相応の対応をしていたんですよね……？」

「でも打ち明けたでしょう？」

　否定してくれない。やっぱり、打ち明けなければ危ないところだったみたい。ほんとに気を付けよう。私が目指すのはただの悪役令嬢じゃなく、紫月お姉様にだけは従順な悪役令嬢だ。

「話を戻すわね。貴女には、乃々歌と陸が出会うように誘導してもらう。その上で、乃々歌の邪魔をして、陸とダンスを踊ってもらうわ。詳細はアプリを確認なさい」

　言われて確認すると、詳細欄に原作の内容とおぼしきやりとりが書かれていた。

　陸さんが乃々歌ちゃんをダンスに誘おうとすると悪役令嬢が割って入り、『家の未来を考えれば、どうするのが正解か分かるでしょ？』と圧力を掛け、自分と踊ることを強制する。

　このやりとりを経て、陸はますます特権階級の連中に敵意を抱く。そして悪役令嬢と敵対することで、乃々歌ちゃんとの距離を縮めていく――というのが、陸のストーリーのようだ。

「ここまででなにか質問はあるかしら？」

「……あります。悪役令嬢としての行動に、どのくらいの誤差は許されますか？」

「既に前提条件が崩れているから、作中のセリフを完璧に再現しろとは言わないわ。重要なのはイベントの要点を押さえ、ヒロインと攻略対象が仲良くなるように導くことよ」

「分かりました」

　アプリのメモ欄を開いて、二人が仲良くなるように誘導して、陸さんの特権階級に対する敵意を抱かせると書き込む。そこでふとした疑問が浮かび上がった。

「ここにある特権階級ってなんのことですか？　陸さんも財閥の子息ですよね？」

「あぁ、それは蒼生学園における特権階級、財閥特待生のことよ」

「財閥特待生……ですか？」

　聞き慣れない言葉に小首を傾げると、紫月お姉様がスマフォを操作する。その直後、私のスマフォに入っているアプリのデータが更新された。

　NEWのマークがついた用語説明の欄を開くと、『一般生』『特待生』『財閥特待生』『雪月花』という四つの単語が追加されていた。私はそれを一つずつ確認していく。

一般生と特待生は私がよく知っている言葉の意味そのままだ。

それから聞き慣れない単語の方。財閥特待生は、蒼生学園におけるあらゆる設備の使用に対する優先権が与えられる生徒達のことらしい。

雪月花は日本三大財閥の雪城家、月ノ宮家、桜坂家の名前から命名されたグループの名前。

財閥特待生の中でも厳しい条件を満たす者だけで構成されるグループで、財閥特待生よりも上位の優先権を持ち、自分達にしか使えない施設も学園内に所有しているらしい。

「なんですか、これ。むちゃくちゃじゃないですか」

「むちゃくちゃって、何処が？」

紫月お姉様がコテリと首を傾けた。

「だって、あらゆる設備に対する優先権って……差別ですよね？」

「いいえ、区別よ。たしかに、雪月花や財閥特待生は優遇されているけど、支払う学費は一般生徒と比べて文字通り桁が違うわ。だからこその優遇措置なのよ」

「……なるほど」

サブスクリプションに、スタンダードコースとプレミアムコースがあるような感じ。支払い額によって、受けられるサービスの質が違うというのは、まぁ、理解は出来る。

だけど——

「なんというか、すごく差別意識が増長されそうな制度ですね」

「まぁそうね。実際、その問題がストーリーにも関わってくるわよ」

あぁやっぱりそうなんだ。乃々歌ちゃんが試験会場で庶民と見下されていたのも、その辺のテーマと無関係ではないんだろう。

「もしかして、キャラクター同士が対立したりするんですか？」

「そうね。恭介兄さんは中立。月ノ宮 陸は平等よりで、雪城 琉煌はわたくしに近い考え。詳細はアプリに送信しておくから、必要になったら確認しておきなさい」

「分かりました。……ちなみに、私はどうなるんですか？」

「もちろん差別する側よ。ということで、貴女には雪月花に入ってもらうわ」

いや、そんな、ちょっと部活に入ってもらう、みたいなノリで言われてもと泡を食う。

「雪月花のメンバーになれるのは、財閥特待生の中でも選ばれた人間だけなんですよね？」

「ええ。選ばれるのは一学期が始まってから。家柄はもちろん、成績や素行のよさも必要になってくるけど、一番重要なのは理事会で認められるかどうかよ」

「……理事会がメンバーを決めるんですか？」

「色々とあるのよ。将来的に未来を担う財閥の子息子女の集まりだからね。そんな訳で、養子であることを理由に難癖を付ける理事がいたけど、私が黙らせておいたから安心なさい。後は、貴女が学園で上手く立ち回れば、雪月花のメンバーに選ばれるはずよ」

「分かりました……って、黙らせたって、まさか札束で頬を引っぱたいたんですか？」

冗談半分、でも紫月お姉様ならやりそうだと思って口にする。でも、彼女は「なに馬鹿なことを言っているのよ？」と呆れた顔をした。

さすがに露骨な賄賂《わいろ》はなかった——

「いまどき、現金を手渡しなんてアナログなことをするはずないでしょ。隠し口座に振り込んでおしまいよ。そもそも、持ち歩けるような金額じゃないしね」

「……そうですか」

色々、想像を超えていた。もうなにも突っ込まない。

こうして、私は学園での最初のミッションクリアを目指しつつ、足りていないステータスを伸ばすために、家庭教師の先生から様々なことを学ぶ日々を続ける。

そんなある日、私の元に合格の通知が届けられた。

でも、私にそれを喜んでいる余裕はない。私の目標は立派な悪役令嬢になり、務めを果たして日本を金融危機から救い、その見返りに妹を助けてもらうこと。

私の試練はまだ始まったばかりだ。

7

合格通知をもらった後も、入学に向けて努力をする日々が続く。私の成績――ステータス表記で数値が低い項目を集中的に底上げしつつ、ダンスの練習も忘れずに受ける。

そのあいだにも、雫や産みの親とは電話で連絡を取り合っている。

両親は色々と心配していたけれど、お小遣いが月に百万であることを教えると、呆れつつも、里親から可愛がられていると安心したみたいだった。

それから、私が実家にいると思っている雫は、そのことを疑っている様子はない。私がお見舞いに行けなくなったのは、病院が遠くなったからだと思っているようだ。

ただ、寂しがってはいたので、もらったクレジットカードでパソコンなどを注文した。機材が届いたら、雫とネット回線を使ったビデオ通話でおしゃべりするつもりだ。

そうして少しだけ月日は流れ、ついに入学式の当日となった。まずは一般的な学校と変わらない入学式がおこなわれ、その後に新入生の歓迎パーティーが開催される。

ちなみに、新入生の代表は琉煌さんだったらしい。

らしいというのは、私の席からはちゃんと顔が見られなかったからだ。もちろん攻略対象の写真は見せてもらっているけれど、遠目に見ただけじゃ分からない。

それより、彼が中等部から上がったメンバーであるにもかかわらず、成績の高い受験組を抑えての首席だという事実に驚いた。

さすが、筆頭攻略対象というだけあってハイスペックだ。そんな彼に釣り合うように努力をしなくちゃいけない乃々歌ちゃんは大変だね。

……なんて、その彼女の踏み台になる私も他人事じゃないんだけどね。

なにはともあれ、入学式は無事に終わった。

午後からはいよいよ、新入生の歓迎パーティーが始まる。それに先駆け、私は財閥特待生にのみ使用が許される一室を貸し切って着替えをおこなう。

身に付けるのは背中が大きく開いた真っ赤なドレス。原作乙女ゲームで悪役令嬢が身に付けているドレスを、私に似合うように紫月お姉様がアレンジしたそうだ。

そんな悪役令嬢の戦闘服を身に纏い、私はパーティーに挑む。

目的は二つ。乃々歌ちゃんと陸さんの関係を焚きつけつつ、私が権力を振りかざして、陸さんの財閥特待生に対する敵愾心《てきがいしん》を煽《あお》り立てること。

ついに、私の悪役令嬢としてのお仕事が本格的に始まる。

「おかしなところはないかしら？」

「もちろんです。悪役令嬢に相応しいお姿ですよ」

会場の入り口前で、シャノンを相手に最終確認をおこなう。

シャノンは私と同じようにドレスを纏っている。アメリカの大学を飛び級で卒業しているはずなのだけど、紫月お姉様の手足として蒼生学園に入学することになったらしい。

実年齢については……まあ、深くは追及しない。

とにもかくにも、身だしなみを整えた私はシャノンと共に会場に入ろうとする。

そこに恭介さんが現れた。彼は一つ上の学年だけど、歓迎する側としてパーティーには参加するようだ。白を基調とした礼服をビシッと身に付けている。

「恭介さん、ご無沙汰しております」

これから頻繁に顔を合わすのか……なんて辟易《へきえき》した内心はおくびにも出さずに微笑んで、腰は曲げず、相手の目を見たままカーテシーをおこなった。

いまだ百点にはほど遠いけど、以前の私とは雲泥の差があるはずだ。そんな私の挨拶を前に、恭介さんは「少しは見られるようになったな」と呟く。

「……これからも精進いたしますわ。紫月お姉様に迷惑は掛けられませんもの」

「そうか、ならばあらためて釘を刺すまでもなかったな」

「釘、ですか？」

「そうだ。新入生の歓迎パーティーで問題を起こすなと、釘を刺すつもりだった」

私は目を――逸らさなかった。でも、私は紫月お姉様の意思で、攻略対象とヒロインのお邪魔虫をする。問題を起こさないという約束が出来るかというと……少し苦しい。

そんな内心が態度に表れてしまったのか、恭介さんが眉を寄せる。

「言っておくが、紫月の顔に泥を塗るつもりなら、俺は決しておまえを許さない」

「――恭介さん。わたくしが紫月お姉様の意思に反するなどあり得ませんわ」

泥を塗るなと言う恭介さんに、お姉様の意思に反することはないと応じた。同じことを言っているようでその実、少しだけニュアンスが違っている。

恭介さんはその差異に――気付いたのだろうか？

少し考えるような素振りをして、私に向かって腕を差し出してきた。意味が分からなくて、だけど悪役令嬢らしく、どういうことかしら？　と首を傾げる。

「会場までエスコートしてやろう」

「……光栄ですわ」

口ではそう言いながら『胃が痛くなるので止めてください』と心の中で呻《うめ》いた。でも断ることも出来なくて、私は彼の腕を取って会場入りを果たす。

煌びやかな会場。

シャンデリアのキラキラとした光が降り注ぐ会場を進めば、私達の行く先に道が出来る。私達――おそらくは恭介さんを見た人達が左右に寄って道を空けた。

これが財界でも有力な家に生まれた者の力。私もまた、それに次ぐ力を手にしている。今更ながら、この力を使って悪役令嬢になることに恐怖を覚えた。

だけど、私はこの力を使って立派な悪役令嬢にならなくてはいけない。

そのためにも、この権力を使いこなさなくてはいけない。

いまの私は悪役令嬢。自分が特別な存在だと思い上がっている高飛車な女の子。周囲の人間が、私に道を空けるのが当然だと振る舞わなくてはいけない。

　胸を張って、恭介さんのエスコートで会場の中を進む。

「ところで、おまえはこれからどうするつもりだ？」

「それは……」

　紫月お姉様から与えられたミッションに挑む——なんて言えるはずがない。だけど、目的がないと言って、このままエスコートされるとミッションに挑めない。

　どう答えようと迷っていると、恭介さんが小さく笑った。

「なるほど、紫月がおまえを義妹にしたのには、それなりの理由があるようだな」

「なんのことでしょう？」

　とっさにとぼけるけれど、恭介さんは笑って「誤魔化すのなら、考えるときに視線を斜め上に泳がせるのはやめることだな」と言って立ち去っていった。

　……視線で気付くとか、怖い。

　でも、ミッションの前に自分のクセに気付けてよかったと思うべきだろう。私は気を取り直し、ヒロインは何処だろう——と視線を巡らせた。

　煌びやかな会場に、財界の子息子女が揃っている。私よりもずっと上品に振る舞う人もいれば、受験組とおぼしき普通の子供達もいる。

　私が探すのは、受験組の中に紛れているであろう訳ありの女の子。

両親を事故で失い、親戚の家でお世話になっていた苦労人。財閥の当主である祖父の目に留まり、一夜にして華麗なる転身を遂げたシンデレラ。周囲を注意よく見回すけれど見つからない。何処にいるんだろうと周囲を見回していると、シャノンが私の袖を引いた。

「……どうしたの、シャノン」

「ゆっくりと、右後方をご覧ください。並んでいるテーブルの右側手前です」

私は何気ない仕草で振り返り、指定された辺りに視線を向ける。そこには、私の探し求めていた女の子、乃々歌ちゃんの姿があった。

ただ、なんというか……

「澪お嬢様、彼女もこちらを見ているようなのですが……？」

「き、気のせいじゃないかしら？」

「でも、お嬢様に手を振っていませんか？」

「……き、きっと、近くに虫がいるのよ」

必死に否定するが、シャノンの冷めた視線の追及には耐えきれなかった。

「ちゃんと突き放したはずなんだけどなぁ……」

「どう見ても、再会を喜ばれていますよ。あ、こっちに来ました」

言葉通り、乃々歌ちゃんが嬉しそうに駆け寄ってくる。

それを見た私は思わず目眩を覚えた。新入生歓迎パーティーでヒロインが接触するのは、攻略対象である陸さんだけだ。いきなり、その展開から外れてしまった。

……いや、落ち着こう。

もっとも望ましい展開は、原作乙女ゲームのストーリー通りに話を進めることだ。でも、それが出来なければ即アウトという訳じゃない。要点さえ押さえれば役目は果たせる。

可能な限り、ここから軌道修正を果たそう。そのためには、私がヒロインの側にいた方がいいと前向きに考え、駆け寄ってくる乃々歌ちゃんを出迎えた。

「入試以来ですね。たしか……柊木さんでしたね」

「嬉しいです。覚えていてくださったんですね、桜坂さん」

「……ええ、もちろんです」

しまった、忘れている振りをした方がよかったかもしれない。でも、名字を呼んでしまったものは仕方がない。私は乃々歌ちゃんとの話を続ける。

「わたくし、貴女にキツいことを言ったはずなのだけど？」

「それは私のため、ですよね？」

かなりきつめのことを言ったのだけど、彼女にとってはそれが助言に聞こえたらしい。

そうして、帰ってすぐに礼儀作法を学んだとのこと。

さすがヒロイン、ポジティブな性格だ。

……そういえば、以前よりも少しだけ所作が綺麗になっているね。私が必死に学んでいるあいだ、彼女も同じように学んでいたのかもしれない。

そう思うと親しみを覚えてしまうけれど、ここで優しい言葉を掛ける訳にはいかない。

「少しは努力なさったようですけど、まだまだ未熟と言わざるを得ませんわね。その程度の立ち居振る舞いで、他の方々に認めてもらえると思ったら大間違いですわよ」

「はい。桜坂さんを目標にがんばります！」

打たれ強い。……というか、すっかり慕われてしまっている。でも、私を目標に成長してくれるのなら、目的を考えると問題ない……のかなぁ？

ひとまず、彼女と陸さんを引き合わせ、陸さんと踊り、財閥特待生に対する敵愾心を煽るというミッションの達成に集中しよう。

そう覚悟を決めた直後、男の子がやってきた。黒髪だけど、光に当たるとわずかに緑がかって見える髪の持ち主。シャノンが、彼が月ノ宮 陸だと耳打ちしてくれる。

言われるまで気付かなかった。

写真で確認したはずだけど、やっぱり直で見ると感じが違うね。

そんなふうに感心しながら、彼のプロフィールを思い返す。彼は大財閥の序列第二位、月ノ宮財閥の分家の生まれで、日本で有数の電機メーカーの御曹司である。

あっちからやってくるなんて、原作シナリオの強制力だったりするのかな？　なんにしてもラッキーだ。ここから上手く原作通りに状況を軌道修正しよう。

そう思って、彼が近付いてくるあいだに情報を思い返す。

庶民から見れば大財閥のご子息だけど、月ノ宮財閥の中では末席に位置している。身分差を笠に着て無茶な要求を重ねる親戚に辟易している彼は、特権階級に敵愾心を抱いている。

それゆえ、彼は財閥特待生としてではなく、一般生としてこの学園に通っている。だから、特権階級の権利を気ままに振りかざす悪役令嬢とは相性が最悪だ。

そういう事情もあって、権力を笠に着た悪役令嬢がヒロインにイジワルをすると、積極的にヒロインにフォローを入れてくれる。

それを利用して、二人が仲良くなるように仕向けるというのが最初の展開である。

「初めまして、僕は月ノ宮家の陸だ。実はキミと話したいと思っていたんだ」

はあ？　と喉元まで込み上げた言葉は必死に呑み込んだ。彼が声を掛けた相手が乃々歌ちゃんではなく、なぜか悪役令嬢の私だったからだ。

動揺する内心を押し殺し「わたくしと貴方は初対面のはずだけど？」と返す。

「実は試験会場でキミ達のことを見かけてね」

キミ達という言葉に息を呑んだ。試験会場において、私と乃々歌ちゃんが一緒だったシーンはあの一瞬しか存在しない。すなわち、乃々歌ちゃんが虐められていた現場だ。

「あぁ、誤解してる訳じゃないよ。キミがそっちの子を助けたことは知ってる。僕も意味もなく身分を振りかざすような連中が嫌いでね。キミ達となら仲良くなれそうな気がしたんだ」

むしろ誤解して欲しかったと心の中で呻く。私が身分差を笠に着て、乃々歌ちゃんを虐めていると思ってくれていたらミッションは達成されたといっても過言じゃない。

なのに、私が乃々歌ちゃんを庇ったと思われているなんて……最悪だよ。

「それと、そっちのキミも初めましてだ」

「初めまして。私は柊木 乃々歌っていいます」

「これはご丁寧に。僕は月ノ宮 陸だよ、よろしくね。乃々歌さん。それと、そっちのお嬢さんの名前も教えてもらえるかな?」

「彼女は桜坂 澪さんです。私にアドバイスをくれた優しい人なんですよ」

私が動揺しているあいだに優しい人にされてしまった。

というか、ヒロインの社交能力が高い。

このままでは、私も彼らの仲良しグループに入れられそうな雰囲気だ。

……いや、まだ挽回はきくはずだよ。ここで家名を前面に押し出して、一般生を見下すような発言をすれば乃々歌ちゃんは打ちひしがれ、陸さんは幻滅してくれるだろう。

そうすれば、私が悪役令嬢として進む方向に軌道修正が出来る。

「たしかに、わたくしは桜坂家の澪だけど――」

「――そうか、おまえは桜坂家のご令嬢だったのか」

唐突に、背後から男の子の声が響いた。今度はなによ！　と、振り返った私は目を見張った。そこにいたのは、いつかの桜花百貨店で、妹をお姫様抱っこして去っていった少年。

どうして彼がここに……と困惑する私の横で、シャノンが破滅の言葉を呟いた。

「彼は雪城　琉煌ですよ。……まさか、知り合いなのですか？」

頭が真っ白になった。

聞かされたのはメイン攻略対象の名前。つまり、ヒロインとくっつけなくてはいけない相手。そして妹と仲良くするというイベントをこなすまで、塩対応で素っ気ないはずの相手。

それが、どうして……

「どうした、そんなに驚いた顔をして。次に会ったときにお礼をすると言っただろ？　そうそう、妹がおまえのことをいたく気に入ったみたいでな。また会いたいと言っていたぞ？」

私は声にならない悲鳴を上げながら、必死になんでもないふうを装った。

でも、だけど……待って！

メイン攻略対象の琉煌さんは、病弱な妹を大切にしている。だから、妹に気に入られないと、彼のルートに入ることは出来ない。妹に、気に入られないと――

あああぁぁあぁぁぁっ！　妹って瑠璃ちゃんのこと⁉

「再会を祝して、一曲お相手願えるか？」

琉煌さんが優雅に手を差し出してきた。紛うことなきダンスのお誘いである。――っていうか、再会を祝してってダンスに誘うのは、陸さんが乃々歌ちゃんに言うセリフでしょ！

それを、琉煌さんが悪役令嬢の私に言ってどうするのよ！

声にならない悲鳴を上げて硬直する。それを拒絶と受け取ったのか、陸さんが私の前に立って「僕達の会話に割り込んで、いきなりダンスに誘うとはどういう了見だ？」と私を庇った。

続いて――

「そうです、桜坂さんとは私達が話していたところなんですよ！」

乃々歌ちゃんまで私を庇う始末である。っていうか、そうじゃないよ。そこは権力を振りかざす私を前に、陸さんが乃々歌ちゃんを庇うところでしょ！

私、権力をかざす方！　庇われるのはそっち！

「なるほど、話に割って入ったことは謝罪しよう。ただ、俺にとって彼女は恩人でね」

「……恩人だと？」

「ああ。妹が世話になったんだ。このお礼は次に会ったときにすると彼女と約束していた」

琉煌さんの言葉の真意を問うように、陸さんと乃々歌ちゃんの視線が私に向けられる。

たしかにそう言われたけど、私は二度と会わないつもりだった。というか、この状況でどう答えるのが正解なの？　私がどう答えれば、原作ストーリーに軌道修正できる？

答えを出せずに沈黙する。後から考えれば、これが最大の失策だった。でも、私は答える言葉を持たず、沈黙した隙に琉煌さんが新たな言葉を付け加えた。

「雪城財閥の跡取りとして、受けた恩は必ず返さなくてはならない。仮にも月ノ宮の末席に名を連ねる者なら、俺の事情も理解してくれるだろう？」

三大財閥の序列第一位、雪城財閥当主の御曹司。その自分が恩を返そうとしているのだから、月ノ宮の、それも末席にしか過ぎない者が邪魔をするな――と、そう言っている。

その言葉を聞いた瞬間、陸さんの目がすがめられた。

「権力を笠に人を従わせる。それがキミのやり方なのか？」

「どうとでも受け取るがいい。俺の目的は彼女への借りを返すことだ」

「キミは違うと思っていたけど、どうやら僕の買いかぶりだったようだね」

特権階級と、それを嫌う陸さんの対立が始まった。

あれ、もしかして、軌道修正できた？　……なんて、うん、冗談だよ。これでミッションは達成してますよね？　なんて言ったら、間違いなく紫月お姉様に怒られる。

というか、権力を使ってダンスに誘うのは悪役令嬢である私の役目である。

もうむちゃくちゃだよ！　なんか、色々と役目が入れ替わってるし……一体どうすれば、ここから軌道修正が出来るの？

……無理だ。ここから、軌道修正なんて、どうやっても不可能だ。

――いや、諦めちゃダメだ。

いまの私は桜坂の娘。この程度で取り乱すことなんて許されない。それに、悪役令嬢となって妹を救うためには、この状況を乗り切って軌道修正するしか道はない。

私の行動に妹の命が懸かっていることを忘れてはならない。

大丈夫、落ち着けば大丈夫。

私が乃々歌ちゃんの壁になって成長を促し、陸さんの特権階級への敵愾心を煽って乃々歌ちゃんとの結束を固くし、その上で琉煌さんと乃々歌ちゃんが仲良くなるように軌道修正する。

そんな奇跡の一手がきっと見つかる……見つかる、はず、だよ……っ！

エピソード3

1

序盤は塩対応でほとんど絡まないはずのメイン攻略対象からダンスに誘われた。しかも、私と対立するはずの乃々歌ちゃんと陸さんが私を庇っている。

悪役令嬢と対立することで結束するはずの人達が、私を理由に対立を始めた。

こんな展開は想定の範囲外だ。

私が乙女ゲームの悪役令嬢に転生した普通の女の子なら、破滅へと続く原作のストーリーから外れたこの展開を歓迎したはずだ。

すべては誤解だと笑って、彼らの仲を取り持つ。そうして優しい彼らの友達になって、面白可笑しい高校生活を送る。それはきっと、とてもとても幸せなことだろう。

でも私は、乙女ゲームの世界に迷い込んだだけの女の子じゃない。難病を患った妹を救うため、自らの意思で悪役令嬢になった。

ゆえに、悪役令嬢の破滅回避を望んではいない。

私は敵となって立ちはだかり、最後は彼らの成長の礎となって破滅する。

それが私の望み、なんだけど――と、私は現実を直視する。

いまも、彼らは私を理由に睨み合っている。

あまりに、あまりにも原作乙女ゲームの展開と現実の状況が乖離《かいり》している。いまの状況はまるで私がヒロイン、琉煌さんが悪役令嬢のポジションになっているかのようだ。

このままじゃ妹を救えない。

ここから、原作の展開に戻す奇跡のごとき一手が必要だ。このズレにズレた状況を挽回する奇跡のごとき一手が――なんてっ、そんな都合のいい手があるはずないでしょう⁉

琉煌さんに味方すれば、琉煌さんルートを阻害することになる。だけど、陸さんや乃々歌ちゃんに味方すれば、私が悪役令嬢として彼らと対立する展開から外れてしまう。

そしてどちらを選んだとしても、三人が仲良くなるという展開を阻害する。

正直、この状況に陥った時点で詰んでいる。

だけど、それでも！　私はこの状況をなんとかしなくちゃいけない。そうじゃなければ雫を救えない！　泥臭くても仕方ない。いまの私に手段を選んでいる余裕なんてない！

私が悪役令嬢として突き進むための一手が必要だ！

……そうだ。この状況を一気に覆す奇跡の一手なんて存在しない。そんなありもしない手を考えようとするから、この状況を詰んでるなんて思うんだ。

奇跡の一手は打てずとも、次に繋げる一手なら打つことは出来る。

最悪なのは、陸さんと乃々歌ちゃんが、琉煌さんを敵に回すこと。日本の三大財閥のトップ、雪城財閥の次期当主と対立すれば、いかなるヒロインとて潰されるだろう。

その事態だけは、なにがなんでも避けなければいけない。

覚悟を決めた私は、睨み合う彼らのあいだに割って入り、私を護ろうとしている乃々歌ちゃんや陸さんに一瞬だけ顔を向け、冷笑を浴びせて背中を向けた。

そうして琉煌さんに向かってそっと右手を差し出した。私をダンスに誘いたければその手を取りなさい――という意思表示。それを理解した彼は「一曲お相手いただけますか？」と私の手を取った。答えはイエス。私は悪役令嬢らしく微笑んだ。

「キミはそれでいいのかい？」

「桜坂さん……」

背後から、陸さんと乃々歌ちゃんの戸惑う声が聞こえる。私は空いている左手でドレスをぎゅっと握り締め、琉煌さんの手を取ったまま、肩越しに彼らへと振り返った。

「おかしなことを聞くのね？　雪城家の次期当主とも言うべき琉煌さんと、なんの力も持たない貴方達。どちらと仲良くした方が得策かなんて、考えるまでもないでしょう？」

簡単なことだった。

どちらの味方をしても、原作乙女ゲームの展開を歪めてしまうのなら、私が彼ら全員の敵になればいい。そうすれば、私は正しく悪役令嬢になれる。

これがいまの私に打てる最善手。

だから目を逸らすな！　笑え、悪女らしく！

いまの私は悪役令嬢だ！

「――わたくしの前から消えてくださる？」

虚勢で胸を張って、見下すように言い放つ。

陸さんや乃々歌ちゃん、それに琉煌さんまでもが目を見張った。

無理もない。

雪城家の次期当主に楯突いてまで手を差し伸べてくれた相手に、感謝するどころか嘲りの笑みを向ける。いまの私がどれだけ醜いかなんて考えるまでもない。

だから、乃々歌ちゃんも陸さんも、そして琉煌さんも、みんな私に愛想を尽かせばいい。

「桜坂さん……僕はただ、キミを助けようと」

「――おあいにく様ね。桜坂家の娘に助けなんて必要ないわ。月ノ宮の末席でしかない貴方がわたくしを助けようだなんて、分不相応な考えは捨てるべきね」

身の程を知りなさいと言い捨てて、陸さんと乃々歌ちゃんに背を向ける。そうして、琉煌さんには媚びた微笑みを浮かべてみせた。

「……おまえ」

琉煌さんの表情が引き攣《つ》っている。

もう権力に意地汚い女だって幻滅しちゃった？　でもおあいにく様。私の予定をむちゃくちゃにしたんだから、ここから連れ出すくらいの仕事はしてもらうわよ。

私は有無を言わせず彼の手を取って、「さあ行きましょう」とエスコートを促した。


それからダンスフロアへと移動するあいだ、琉煌さんは無言だった。だから私は、ダンスフロアに到着すると同時に彼のエスコートを振り払った。

「……どうした？」

「わたくしが権力に執着した女と知って幻滅したのでしょう？　自分から誘った手前、責任を持って踊ろうとしてくださる心意気は素敵だけど、義務感で踊られるのは迷惑よ」

陸さんと乃々歌ちゃんの悪意は私に向いた。ここで私と琉煌さんの関係も絶ってしまえば、大筋で原作の展開に戻すことが出来る。だから、無理に踊る必要はない。

――はず、だったのだけど、琉煌さんに再び腕を掴まれ、強く引き寄せられた。つんのめった私は、彼の腕の中に飛び込んでしまう。彼の反対の手が私の背中に回る。

……え、なにこの状況、琉煌さんに抱きしめられてるみたいじゃない。そう思って驚くのも束の間、彼が私の腕と腰を取り、音楽に合わせてリードを始める。

「ちょっとっ、踊る必要はないって、そう言ったでしょっ」

「いいのか？　桜坂家の娘が、ワルツ一つ踊れないのかと馬鹿にされるぞ？」

「くっ、この――っ」

悪役令嬢としてのプライドを刺激され、反射的に彼のリードに合わせてステップを踏む。

だけど――っ。

ナチュラルスピンターンのステップ、歩幅が大きいっ！　そのまま加速して、ダブルターニングロックから……スローアウェイオーバースウェイ!?

なに考えてるの？　高校生に入ったばかりの相手に、それも示し合わせもなく踊らせるような難易度じゃないでしょう！

なのに、彼のリードは更に高難易度に、更に激しくなっていく。

紫月お姉様の特訓がなかったら、いきなり転んでるところだ。

馬鹿なの？　信じられない、このドS！

声を大にして文句を言いたい。

――けど、みんな見てる。琉煌さんと私、有力財閥の子息子女である私達のダンスをみんな見てる。桜坂家の娘を名乗る身として、恥ずかしいダンスは見せられない。

私は必死に彼のリードに食らい付いていく。彼がさきほどのことをどう思っているか、これからどうするのが正解か、考えることは山積みなのに、いまの私には余裕がない。

それでも、私は無理矢理笑みを作って微笑んでみせた。

「……思ったよりも踊れるのだな」

これが余裕あるように見える⁉　と、余裕がある振りをしておきながら、心の中で理不尽を叫んだのはここだけの秘密。私は口をついて飛び出しそうな罵声を必死に呑み込んで、彼に向かってクスリと微笑みかける。

「あら、わたくしを誰だと思っているの？」

「ああ、たしかウェイトレスだったたな」

——しまっ。

思わずステップを踏み違えた。とっさに挽回しようとするも重心の移動が追いつかない。躓《つまず》くと思った瞬間、琉煌さんにぐいっと抱き寄せられた。

——これ、ならっ！

彼の支えを起点に足を出し、素早く体勢を立て直した。すぐに次のステップを踏み、何事もなかったかのようにダンスを続ける。

……どういう、こと？

動揺を誘ったのは、権力に意地汚い娘に恥を掻かせるためじゃなかったの？

「……すまなかった」

困惑する私に、琉煌さんが口にしたのは謝罪の言葉だった。

「なぜ、貴方が謝るの？」

「おまえが困っていると思ったんだ」

ナチュラルスピンターン。続くステップを踏みながら考えを巡らせ、彼が陸さんに圧力を掛けた理由が、私を護ろうとしたことにあると気が付いた。

たしかに、さきほどの私は想定外の事態に困っていた。琉煌さんはそんな様子を見て、陸さん達から私を助け出そうとダンスに誘い、それを阻止する陸さんに権力を振りかざした。

……そっか、そうだよね。

琉煌さんは、庶民の乃々歌ちゃんと恋仲になるメイン攻略対象だ。そんな乙女ゲームの主人公が、理不尽に権力を振りかざす、悪役みたいな真似をするはずがない。

私を気遣う眼差しに、思わずドキッとさせられる。

「あり――」

感謝の言葉を告げようとして、寸前のところで踏みとどまった。

琉煌さんが権力を振りかざしたのは私を護ろうとしたから。それが分かれば、陸さんや乃々歌ちゃん達と分かり合うことが出来るだろう。

だけど、私は悪役令嬢だ。

彼らと敵対するべき私が、琉煌さんと分かり合う訳にはいかない。

「ありがとう――と言うとでも思った？　桜坂家の娘であるわたくしに、そのような気遣いは不要よ。それに言ったでしょう？　わたくしに必要なのは権力だって」

「それは、桜坂家の養子だからか？」

意味深な笑みを浮かべる彼は私の素性を疑っている。

いや、〝疑っている〟なんて楽観的な考えはやめよう。

紫月お姉様は数時間で私の素性を調べ上げた。琉煌さんがお礼をするためにバイト先を訪れたのなら、私の素性なんて疾《と》うに把握しているはずだ。

すべて知られている前提で対応する。

ただし、こちらから手の内を晒す必要はない。

「……なんのことを言っているのか分からないわね」

「妹の入院費を稼ぐためにバイトをしていたのだろう？」

雫のことまで把握している。つまり、私が佐藤家の娘であり、駆け落ちをした桜坂の孫娘ではないということまで突き止めている。

その事実を公表されたら、私は非常にまずい立場に立たされる。

でも、この状況は詰みじゃない。

彼が私の素性を知ったのはいまじゃない。もし素性を暴露して私を貶《おとし》めるつもりなら、絶好のタイミングはいくらでもあった。つまり、彼の目的は私の糾弾じゃない。

私を脅すとか、なにかしらの目的があるはずだ。

「……なにが目的なの？」

「目的？　おかしなことを聞くな。妹の件で借りを返しに来たと言っただろう？　養子であることに対して口さがない者もいるだろう。だが、俺と懇意だと知れば黙るはずだ」

私はパチクリと瞬いて、それから眉を寄せた。

「……まさか、わたくしの地位を確立するためにダンスに誘ったの？」

「雪月花のメンバーを目指しているのだろう？」

「そう、そこまで知っているのね」

想像以上にこちらの行動が筒抜けだけど、やはり私の素性をバラすつもりはないようだ。少なくとも、いまのところは。

その上で、どうすればいいかを考える。私が雪月花のメンバーに選ばれることだけを考えれば、琉煌さんと懇意になるのは有効な一手と言えるだろう。

いきなり私をダンスに誘ったときはどういうつもりかと思ったけれど、彼は恩返しとして、ちゃんと私のためになるものを与えようとしてくれていた。

私が悪役令嬢を目指していなければ、の話だけど。

「せっかくの申し出ですが、わたくしに助けは必要ありませんわ」

彼が仲良くするべきなのは、私ではなく陸さんや乃々歌ちゃん。善意を無下にすることで嫌われるかもしれないけれど、それは望むところだ。

文句なら好きに言いなさいと胸を張れば、彼は「知っている。だから、これはちょっとしたお節介だ。切り札は取っておいた方がいいだろう?」と笑う。

どういうこと? 文脈的に、助けは必要じゃなかったと知っているということだよね?

私は虚勢を張っているだけなのに、どうしてそういう結論に至ったのかな?

なにか誤解されてる? それとも、私が知らないなにかを知っている?

「……なにを知っているというのかしら?」

「とぼける必要はない。雪城家の情報収集能力を以てすれば、これが罠だと気付くのは造作もないことだ。とはいえ、さすがは桜坂家の娘だと褒めておこう」

「琉煌さんにそこまで言っていただけるなんて光栄ですわ」

そう言って妖《あや》しく微笑んでみせる。

なんのことか分からない——なんて内心はおくびにも出さずに。

いやほんと、ここまで迂遠な言い回しをされるとは……


その後、琉煌さんとのダンスを終えた私は、早々にパーティー会場を退散。無事——とは言いがたいけれど、私はひとまず最初のイベントを乗り越えた。

そうして自宅に帰った私は制服姿のままでベッドにダイブした。

「あぁ〜疲れた」

悪役令嬢となって紫月お姉様の代わりに破滅する。雫の命を救う代償なのだから大変だとは覚悟していたけど、まさか初日からこんなに波乱続きとは思わなかった。

今日くらいはゆっくりと休みたい。そんな願いも虚しく、シャノンが現実を突き付ける。

「澪お嬢様、今日の一件で紫月お嬢様がお呼びです」

「……分かった」

初日から盛大にやらかした。紫月お姉様に合わす顔がないけど、呼び出しに応じない訳にはいかない。私は覚悟を決めて紫月お姉様が待つ部屋へと足を運んだ。

ノックをして部屋に入れば、部屋着とは思えないほど上品な、お嬢様風の洋服に身を包んだ紫月お姉様が、書類を片手にソファに身を預けていた。

「色々と想定外のことがあったようね」

「……申し訳ありません、紫月お姉様」

言い訳はせず、彼女に向かって深々と頭を下げる。

「頭を上げなさい。想定外の事態だけど、この件で貴女を責めるつもりはないわ。ただ、シャノンからの報告だけじゃ分からないこともあるから、詳しい話を聞かせてちょうだい」

「分かりました」

紫月お姉様の勧めに従って、制服のスカートを整えてソファに腰を下ろす。ローテーブルの上に二人分のお茶菓子を添えるシャノンの姿を横目に、私は姿勢をただした。

「なにからお話しましょう?」

「そうね。まずは順を追って、乃々歌が話しかけてきたところから説明してもらおうかしら」

「はい。まずは――」

私はまず、先日の一件で突き放したつもりの一言が、乃々歌ちゃんにはアドバイスと受け取られていたこと。それが原因で感謝されていたことを打ち明ける。

「……あぁ、ヒロインはポジティブだからね」

紫月お姉様がしみじみと呟いた。

どうやら、彼女の打たれ強さは原作乙女ゲームの設定通りのようだ。私は続けて陸さんが接触してきた理由について打ち明ける。乃々歌ちゃんを助けた現場を見られていた。と。

「そう。彼は財閥特待生の地位を笠に着た人が嫌いだから、乃々歌を助けた財閥の令嬢、つまり貴女に興味を持つのは当然とも言えるわ。でも……」

「琉煌さんの件ですね」

「ええ、一体いつ知り合ったの?」

実は――と、最後のバイトで彼の妹に出くわしたことを打ち明ける。妹さんの忘れ物を届けて琉煌さんに出会い、妹さんの体調不良に気付いたことで彼に感謝されたということも。

それを聞いた紫月お姉様は思わずといった面持ちで天を仰いだ。

「それ、ほぼヒロインが琉煌のルートに入るときのイベントよ。そんなことがあったのなら、琉煌が貴女に興味を抱くのは当然ね」

「――重ね重ね申し訳ありませんっ」

反射的に立ち上がって頭を下げる。

知らなかったとはいえ、紫月お姉様の計画をむちゃくちゃにしてしまった。それも、私が最後に一度だけ、バイトに行きたいとワガママを言ったせいだ。

「頭を上げて、座りなさい」

彼女の言葉に従って顔を上げ、ソファに座り直す。

「バイトに行く許可を出したのはわたくしよ。それによって生じた不測の事態についても、責任はわたくしにあるわ。だから、貴女が謝る必要はない。だけど――」

彼女の瞳が細められた。

その先は言われるまでもないと、私が続きを口にする。

「紫月お姉様も、私も、この件で失敗する訳にはいかない、ということですよね？」

責任の所在なんて関係ない。私のミスだろうが、天変地異が原因だろうが、失敗すれば取り返しのつかないバッドエンドを迎えることに変わりはない。

だからなんとしても、軌道修正を図る必要がある。

「分かっているのならいいわ。じゃあ、琉煌と踊った理由を訊かせてもらいましょう」

「それはみんなの敵意を私に向けるためです。私が悪役を演じることで、陸さんや乃々歌ちゃんの敵意が、琉煌さんではなく私に向くと考えました」

「本当にそうかしら？　シャノンの報告によると、貴方達はとても楽しげに踊っていたように見えたそうだけど……彼に惹かれたから踊った訳じゃないと？」

「あり得ませんっ！」

バンとローテーブルに手を突いた。

「感情的になるのは図星だからじゃない？」

「……いいえ。たしかに、琉煌さんはメイン攻略対象に相応しい方だと思いました。でも、そんな浮ついた感情で、妹の命を危険に晒したりしません！」

私が悪役令嬢になったのは、戸籍の改竄にまで同意して家族との絆を手放したのは、雫の命を助けたかったからだ。決して、財閥の子息と恋仲になるためなんかじゃない。

そう睨みつける私と、紫月お姉様の視線が真正面からぶつかり合った。

2

紫月お姉様と無言で睨み合う。

最初に視線を外したのは紫月お姉様の方だった。

「……どうやら本心のようね。琉煌に惹かれる人は多いから、貴女の覚悟を確認しておきたかったの。貴女の覚悟を疑ったことを謝罪して、さきほどの言葉は撤回するわ」

「い、いいえ。疑われるような行動を取ったのは事実なのに、私こそすみません！」

紫月お姉様が前言を翻したことで我に返る。

想定外の問題ばかり起こしているのは私の方なのだ。見捨てられないだけでも感謝しないといけないのに、疑われて逆ギレするなんて恥ずかしいと頭を下げる。

「不測の事態に直面して、お互いに冷静じゃなかったようだし水に流しましょう。ただ、シャノンが楽しそうに見えたと報告したことは事実なの。あなた達がダンス中にどんな話をしていたか教えてくれるかしら？」

「それなんですが、実は――」

私が佐藤家の娘であると琉煌さんにバレたこと。その上で、彼に糾弾する意思がなさそうなこと。ダンスを踊ったのは、私の地位の確立が目的だったらしい、ということを打ち明けた。

それらを聞いた紫月お姉様は目を細めた。

「貴女が佐藤家の娘だとバレた？」

「はい。雪城家の情報収集能力を以てすれば、これが罠だと気付くのは造作もないことだ。と言っていました。一体なんのことでしょう？」

「……ああ、なるほどね。さすがは雪城財閥の次期当主といったところかしら」

琉煌さんと同じような反応。

……私だけが知らないことがあるような気がする。

「どういうことか、説明してくれませんか？」

「そうね……いえ、いまはまだやめておくわ。貴女が知ると不確定要素が増えるから」

「……そう、ですか」

よく分からないけど、その方がいいと言われれば、雇われの身としては黙るしかない。

「ではせめて、今後の方針についてのアドバイスをくださいませんか？　琉煌さんと乃々歌ちゃんを接近させる方法とか、考えた方がいいですか？」

「いいえ、琉煌と乃々歌を近付けるのは後でいいわ。乃々歌は琉煌の妹と仲良くなっていないし、いまの彼女じゃそもそものステータスの数値が足りていないから」

「妹の件は分かりますが、ステータスの数値、ですか？」

彼女の成長を促すべく、私自身がステータスを伸ばしている。そんな状況で今更かもしれないけど、現実の恋愛でステータスを重要視するのは違和感があると首を傾げた。

「雪城財閥の当主夫人には、相応の能力が必要なのよ」

「……あぁ、そっか。そうですよね」

雪城財閥の当主夫人ともなれば、様々なパーティーにも参加することになる。いまの乃々歌ちゃんでは……たしかに荷が重いだろう。

「だから、そっちはしばらく様子見よ」

「しばらく、というと？」

もう少し具体的なことを知りたいと、私は疑問を口にした。紫月お姉様は「あまり、貴女にプレッシャーを掛けたくないのだけど……」と溜め息を吐く。

「覚悟は出来ています」

「分かった。なら教えておくわね。中間試験が終わった後、校外学習でイベントがあるの。そのときに、貴女には乃々歌を虐めてもらう」

乃々歌ちゃんを虐める。心の中で言葉にするだけでも胸が痛くなる。自分が悪事を働いているのだと再確認させられる。それでも、私は前に進むしかない。

「分かり、ました」

「……澪」

「大丈夫、覚悟は出来ているって言ったじゃないですか」

紫月お姉様がなにかを口にするより早く、私はそう捲《まく》し立てた。

「澪、聞きなさい。貴女が覚悟を決めたことは疑ってないわ」

「え、ええ、もちろんです。だから――」

「――だから、平気だって言うのは違うでしょ。貴女が傷付いていることも、それを我慢していることも、わたくしはちゃんと分かってるつもりよ」

「紫月、お姉様……？」

弱い自分を見せることは許されないと思っていた。だから、紫月お姉様に私の弱さを理解していると言われ、なんて答えればいいか分からなくなる。

「悪事を働くことに罪悪感を抱かない悪人は求めてないわ。罪悪感に押し潰されるだけの善人も同じよ。罪悪感を抱きながら、それでも前に進める貴女だから必要なの」

「……罪悪感を抱いても、いいんですか？」

「当然じゃない」

紫月お姉様が優しく微笑んだ。

弱味を見せてもいいんだって理解した瞬間、大粒の涙が零れ落ちた。慌てて目元を手の甲で擦《こす》るけれど、涙は次々にあふれてくる。

「……そっか、辛かったのね」

「はいっ、私、乃々歌ちゃんに、酷いことを……っ。あんなに、慕ってくれてるのに……っ」

彼女には悪いところなんて一つもない。それなのに、私は彼女のことを傷付けた。言い訳のしようなんてない。私は悪い女の子だ。

　そして、なにより悪いのは――

「澪、辛いのなら降りてもいいのよ?」

「いいえ、私は降りませんっ!」

　――悪いことだと分かっていながら、それをやめようとしないことだ。私はあふれる涙をそのままに、紫月お姉様をまっすぐに見つめた。

「私は、悪役令嬢です。このお仕事からは絶対に逃げません!」

「……分かった。なら最後まで付き合いなさい。大丈夫、貴女は悪くない。破滅するのは貴女だけど、地獄に落ちるのは私だけよ」

　紫月お姉様が茶目っ気たっぷりに笑う。

　そうして手の甲で涙を拭う私に「校外学習のイベントまでもう少し日があるわ。だから、いまは他のイベントに集中なさい」とハンカチを寄越してくれた。

　私はそれを受け取り、涙を拭う。

　そのあいだに、紫月お姉様が自分のスマフォを操作した。

　ほどなくして、私のスマフォにアプリ更新の通知が届いた。指で操作してアプリを開くと、ミッションの欄が更新され、四つのミッションが表示されていた。

1、更新された目標値までステータスを上げろ。
2、歪んだストーリーの軌道修正を図れ。
3、雪月花のメンバーになれ。
4、ファッション誌のモデルになれ。

「一気に増えましたね」

「原作乙女ゲームの本編が今日からだからね。とはいえ、雪月花のメンバーになれというのと、ファッション誌のモデルになれというのは以前から言ってあったでしょ？」

「それにステータスを上げろというのも目標が変わっただけですね」

目標値は高くなっているけれど、前回に比べればそこまで無茶な数値じゃない。前回は私が未熟すぎたせいで大変だったけど、今回は能力の基盤が整ったからだろう。

中間試験の結果で、上位二十％――五十位以内が目安らしい。

ここまでは特に驚く内容じゃなかった。だけど、ストーリーの軌道修正について詳細を開いた私は首を傾げる。自分の把握していない問題が書かれていたからだ。

「悪役令嬢の取り巻きの扱い、ですか？」

「ええ。入試の日に、貴女が乃々歌を庇って敵に回した娘達がいたでしょう？　あの子達は本当は、悪役令嬢の取り巻きになる子達だったのよ」

「えっ、そうだったんですか？」

設定的にはあり得そうな話だけど、前回教えてくれなかったから違うと思ってた。そう口にすると「話がややこしくなるから後回しにしていたのよ」という答えが返ってきた。

「もしかして、わりと私に隠していること、ありますか？」

「貴女には適時、教えていくつもりよ」

「……はぁい」

それがベストだと言われたら反論できないけど……と、少しだけ拗ねてみせる。それを見た紫月お姉様は「知りたければ、知らない振りをする演技力を身に付けなさい」と笑った。

「この世界の元となる原作乙女ゲームの設定なんて、私には調べようがありませんよ」

「じゃあ、諦めるのね。それより、悪役令嬢の取り巻きの話に戻すわよ。彼女達は財閥のお嬢様ではあるけれど、無理をして財閥特待生になったのが現状よ。だから、権力のある悪役令嬢の取り巻きになる予定……だったんだけど」

「私が敵対行動を取って展開が変わった、という訳ですね。……どうしましょう？」

敵対行動と言っても、乃々歌ちゃんに突っかかっていたのを咎《とが》めただけだ。庇護を求めているのなら、少しフォローして味方に引き込むことは可能だろう。

「そうね……シナリオにどうしても必要という訳じゃないの。それに彼女達は品行方正と言い難いから、予想外の悪事に走って足を引っ張ってくる可能性もあるわ」

「取り込まなくていい、という意味ですか？」

「いまのところは、ね」

彼女達のことは様子見で、想定外の事態が発生しないように気を付けるという方向で話は纏まった。その上で、紫月お姉様は今日の一件に対しても調整が必要だと口にした。

「調整、ですか？」

「そう、調整。貴女の機転で、ひとまず大きく原作から外れることにはならなかった。だけど原作通りでもない。どんな歪みが生じるか分からないから、なにかあれば連絡しなさい」

「分かりました」

ひとまずは様子見。

紫月お姉様は「それから……」とスマフォを操作すると、私のスマフォに入っているアプリが更新され、雪月花のメンバーになれというミッションに詳細が表示された。

それによると、中間試験の直後に、生徒会の役員を選ぶ選挙と、雪月花のメンバー入りを審査する話し合いがおこなわれるようだ。

「雪月花と生徒会は別なんですか？」

「雪月花は社交界のようなものだからね。そもそも、生徒の数は一般生の方が多いのに、財閥特待生がみんなの代表なんて言っても、一般生が納得しないでしょう？」

「へぇ、思ったよりも一般生のことを考えているんですね」

　意外に思って呟くと、紫月お姉様はふっと笑った。

「……なんですか？」

「よく考えてみなさい。雪月花が生徒会を兼ねていたとして、生徒達が財閥特待生にしか使えない施設の開放を望んだらどうなると思う？　一般生の方が人数は多いのよ？」

「民主主義で要望が通ってしまう？」

「その可能性が高いでしょうね。そうして財閥特待生の権利が失われれば、高い学費を支払う生徒はいなくなる。結果的に、蒼生学園は運営がままならなくなるわ」

「そっか。それを阻止するために、最初から組織を分けているんですね」

　財閥特待生の権利は雪月花に。生徒会が介入できるのはそれ以外の権利。最初から分けておけば、一般生徒が財閥特待生の権利を脅かすことはない。

「そういう訳で、生徒会と雪月花は対立しているの。貴女が雪月花のメンバー入りを果たす裏側で、陸が生徒会に加入するというのがシナリオよ」

「そこでも、なにかイベントが発生するんですか？」

「乃々歌が陸を手伝うというイベントはあるけど、悪役令嬢の貴女は関わらないわ。雪月花のメンバーになるのも、問題を起こさなければ大丈夫。原作乙女ゲームの展開通りなら、これといった問題は起きないはずだけど……」

「歪みによって、想定外の状況になる可能性がある、という訳ですね」

原作通りにいくなんて甘い考えは捨てた方がいいだろう。なにか問題が発生することを前提に、今後の展開に備えておく。そう覚悟して、私は再度スマフォに視線を落とした。

「じゃあ最後はファッション誌のモデルですね」

「ええ。最終的な目的は、乃々歌のファッションセンスの向上よ」

「制服なら、あんまり関係なさそうですよね」

「ここは財閥御用達の学園よ。パーティーはドレスだし、課外学習では私服を着るの。なのに、乃々歌のセンスはとても庶民っぽいのよ」

「……なるほど」

雪城財閥の当主夫人に相応しいファッションセンスが必要、ということ。

「とにかく、貴女がファッション誌のモデルをするのは、彼女がファッションに興味を持つ切っ掛けになるわ。そのために、一月後《ひとつき》に撮影の予約を入れておいたわ」

「……え？　一月後、ですか？」

「ええ、一月後」

私は視線を彷徨わせた。

一月あれば余裕でしょ——なんて考える人は紫月お姉様のことを分かっていない。ただ、ファッション誌のモデル撮影をして終わりなんて、絶対にあり得ない。

「その一月でなにをすれば？」

「あらゆる準備よ」

「……あらゆる準備」

既に無茶振りをされている気しかしない。

そんな私の懸念を嘲笑《あざわら》うかのように、紫月お姉様は更なる無理難題を突き付けた。

「まずモデルの件だけど、桜坂グループのブランドのモデルで、本当はわたくしに依頼が来たの。でも、権力を使って貴女を代役に立てた。相手のカメラマンは有能だけど気難しくて、自分が使いたいモデルしか使わない。だから、貴女が使われるかは貴女次第」

既に詰んでいる気がするのは私の気のせいだろうか？

家庭教師からレッスンを受け、多少の立ち居振る舞いには自信がついた。だけど、写真の被写体になるレッスンを受けた訳じゃない。

そんな素人の私を、カメラマンが気に入るはずがない。それに気難しい相手なら、隠し口座に送金という紫月お姉様の必殺技も使えないはずだ。

「私にどうしろと？」

「だから準備よ。既にこの業界で最高の先生、それにスタイリストを用意したわ」

「いえ、あの、他のモデルだって、そういった努力はしていますよね？」

同じ素人の中では頭一つ抜け出す手段になるかもしれないけれど、プロから見れば付け焼き刃にしか見えない。そんな小細工が通用すると思えない。

「言ったでしょ、最高の人材を集めたって」

「……なるほど」

他のモデルよりも優秀な先生を付ける。ようするに、私の足りない部分をお金で補うつもりのようだ。ただ、それでも、最終的には私の努力次第、ってことだよね。

雫の命が懸かっているから全力でがんばるつもりだけど……と、そんな私の不安を見透かしたかのように、紫月お姉様が厳しい口調で言い放った。

「澪、これは悪役令嬢としてのお仕事よ」

「――だからこそ、ファッション誌に載るよりも成功率の高い方法を探したいんですが」

即座に切り返すと、紫月お姉様は目を見張った。それからクスクスと笑う。

「言うようになったわね。でもダメ。ファッション誌の件は今後も関わってくるイベントだから、なにがなんでも成功させなさい」

「はぁい……」

どうやら覚悟を決めるしかないようだ。

3

それからすぐに、私は写真撮影に向けたレッスンを受けた。とはいえ、成績は絶対に落とせない――どころか、中間試験に向けて上げなくてはいけない。

写真撮影に向けたレッスンを必死に受け、なおかつ勉学の予習も怠らない。だからって、目の下にクマを作ったら怒られるので、夜は早く寝て、休憩時間はエステを受ける。

そんな日々を過ごし、ついに一学期の初日がやってきた。私は蒼生学園の制服に着替えて身だしなみをチェック、リムジンに乗り込んで学園へと向かう。

「……数ヶ月前の私に、こんな生活をすることになるって言っても絶対信じないよね」

窓の外を流れる景色を眺めながら独りごちる。それを聞いていたシャノンが「ですが、ずいぶんと馴染んでいらっしゃいますよ」と答えた。

「まぁ、さすがにね。でも、レッスン料は気になるかな」

この数日間で掛かったレッスン料や、エステなんかの費用を計算すると恐ろしい金額になるはずだ。それを負担してもらっていると考えると、さすがに申し訳ない気分になる。

「それだけ、澪お嬢様の役割が重要だとお考えください」

「それは、分かってるけど……」

「澪お嬢様が役割を果たせなければ、多くの命と桜坂グループの命運が尽きることになります。それでもなお、数十万、数百万を惜しんで成功率を下げることが正解だと思いますか？」

「それ、は……」

自分の両肩にどれだけのものが乗っているのかを指摘されて息を呑んだ。

「申し訳ありません。紫月お嬢様からは、あまりプレッシャーになるような言葉は掛けないようにと言われていたのですが……」

「うぅん、教えてくれてありがとう。私に掛かる費用については気にしないことにするよ」

これは目的を達成するために必要な投資。なら、私が出来るのは、全力で目的が達成できるように努力することだけだ。そう判断して、費用については考えることをやめた。

ほどなく、学園に到着する。学園にある送迎用のスペースに車を止めてもらい、私は車から降り立つ。そうして少し歩いてから、私はおもむろに振り返った。

「今更なんだけど、どうしてシャノンが高校生をやり直してるの?」

「この学園はお付きの同行を認めていませんから」

「……ええと。それはつまり、お付きとして過ごすために、高校に入り直したと? シャノンってたしか、アメリカの大学を卒業してるのよね?」

「ご安心を。飛び級で卒業しているので、そこまで年齢は離れていません」

いや、二十四歳は十分離れてる——とは口が裂けても言わない。

もっとも、シャノンは肌が綺麗なので、実年齢ほど無理があるようには見えない。大人びた高校生と言い張れば、なんとか誤魔化すことは可能だろう。

それに――

「紫月お姉様が決めたことなら、私が言っても無駄だよね」

そう割り切って、私は昇降口へと向かった。そこでクラス割りを確認すると、原作乙女ゲームと同じで、私は琉煌さんや乃々歌ちゃんと同じクラスだった。

ついでに言えば、シャノンも同じクラスである。

「こんな偶然ってあるんだね」

「いえ、紫月お姉様が寄付をなさった結果です」

「……うん、そうだと思った」

紫月お姉様は脳金だと思う。

なんでもお金で解決しようとする辺りが。

「それより、澪お嬢様。そろそろ切り替えてください」

「っと、そうだった。――それじゃ、お仕事の時間よ」

自分は悪役令嬢だと気持ちを切り替えて、口調や態度を変えて教室へと向かう。なお、シャノンは当面他人の振りをすることになった。その方がなにかと動きやすいからだ。

そうして教室に入り、出席番号順で席に着く。

ほどなくしてホームルームが始まり、続いて自己紹介が始まった。

財閥特待生が三分の一程度で、残りは一般生と数名の特待生だ。

原作乙女ゲームのシナリオ関係者は、雪城 琉煌と、柊木 乃々歌。それに悪役令嬢の取り巻きになるはずだった二人が同じクラスのようだ。

ちなみに、乃々歌ちゃんは柊木 乃々歌として――つまり、名倉財閥の当主の孫娘としてではなく、一般生としてここにいる。これも、原作乙女ゲームの設定通りである。

その他、個人的に気になったのは、雪城 六花《りっか》というお嬢様がいたことだ。どうやら、雪城財閥の関係者、琉煌さんの従姉に当たる人物らしい。

彼女のことは聞いてないけど、原作ストーリーには関わってこないのかな?

余談だけど、蒼生学園は同じ苗字の人が同じクラスにいることが多い。財閥関係者は同じ苗字が多いのでどうしても被ってしまうらしい。

そんな訳で、基本的には名前で呼び合うのがこの学園での習わしだと先生が言っていた。

とまぁ、そんな感じで自己紹介が終わる。

私も桜坂家の娘として無難に自己紹介をしておいた。原作乙女ゲームの関係者にはともかく、他の人にまで悪女っぽく見られたくないからね。

とにもかくにもホームルームが終わり、すぐに授業が始まった。中間試験で成績を落とす訳にはいかないので、私は必死に授業を受けていく。

ちなみに、休み時間に予習復習をするという真似は出来ない。いや、出来なくはないのだけど、悪役令嬢としてあまり真面目な姿を乃々歌ちゃん達に見せる訳にはいかない。

そんな訳で、休み時間はのんびりしている振りをしつつ、教養を得るための読書に時間を費やす。そうして黙々と読書をしていると、ふと視線を感じて顔を上げた。

振り返ると、乃々歌ちゃんが視線を逸らすところだった。

……睨まれてたのかな？

先日あんなに突き放したし、嫌われてたとしても無理はないけど……まぁ、気にしてもしょうがないか。そんな結論に至って本に視線を落とすと、ほどなくしてまた視線を感じた。

さっと振り返ると、今度は六花さんがそっぽを向くところだった。

……なんだろう？

乃々歌ちゃんはともかく、六花さんに関しては心当たりがまったくない。まさか、琉煌さんのときみたいに、知らないあいだに関わり合いになってた——なんてことはないよね？

いや、ない。ないはずだ。というか、知らないあいだにフラグを立てちゃった、みたいな偶然がそうそうあってたまるか。そんな偶然は琉煌さんの件だけで十分だよ。

取り敢えず、私は勉強しなくちゃいけない。相手がアプローチを掛けてくるまでは気にしないでおこう——と、私は本に視線を落とした。

こうして、学校では黙々と授業を受け、家に帰ったら予習復習、それに写真撮影に向けたレッスンを受けるという日々が続く。

そうして一ヶ月が過ぎ、写真撮影の当日。私はシャノンが用意してくれたお嬢様風のコーディネートに身を包み、リムジンに乗って家を出る。

少し早めに出たのは、久しぶりに雫のお見舞いをするためだ。

病院の前でリムジンを降りて、エレベーターで雫の病室がある上階へ。シャノンにはロビーで待っていて欲しいとお願いして、私は雫が入院している病室の扉をノックする。返事を聞いて中に入ると、可愛らしいパジャマ姿の雫がベッドに座ってファッション誌を眺めていた。

「雫、久しぶりだね」

「うん、久しぶりだね。ええっと……お姉ちゃん？」

顔を上げた雫は首をコテリと傾げた。

「どうして疑問形なの？」

「え、いや、だって……」

雫の視線が私の頭の天辺からつま先まで向けられる。私のファッションがいままでと違いすぎて驚いているのだろう。でもその反応は予想通りなので、言い訳も考えてある。

「ああ、この服？　実はバイトのお金で買ったんだ」

桜坂財閥のお嬢様を助けたおかげで、雫の入院先や、入院費の面倒を見てもらえることになったという事実。その中に、それで浮いたバイト代で服を買ったという嘘を混ぜる。

私はもう無理なんてしていない。それどころか青春を満喫している、というアピールである。なのに、なぜか雫の目が物言いたげに細められていた。

「……お姉ちゃん、怪しいバイトとかしてないよね？」

「し——てないよ？」

言い淀みそうになるのを強引に言い切った。

疑いの眼差しを向けられるけど、私はそれを真正面から受け止めた。この数ヶ月で私の演技力は大きく上達している。雫にそれを見抜くことは出来ないだろう。胸を張って堂々と、なにか気になることでもあるのかと問えば、雫はファッション誌に目を落とした。

「……雫？」

問い掛けると雫は再び顔を上げ「なんでもない」と視線を外した。よく分からないけど、追及するとやぶ蛇になりそうだと口を閉ざす。

「そうだ、今日はケーキも買ってあるよ」

「ケーキっ！」

シャノンに用意してもらったお見舞い品を掲げると、雫が見事に食い付いた。私はそれを更に取り分け、用意した紅茶と一緒にサイドテーブルの上に置く。

久しぶりに直に会ってのおしゃべりをする。そうして色々聞いた感じ、雫は病院を移ってから小康状態を保っているようだ。私としゃべる表情も以前より明るい。紫月お姉様が手を差し伸べてくれたことに感謝しながら、私は久しぶりに姉妹の時間を満喫した。

それからほどなく、時計を確認した私は席を立つ。

「——と、そろそろ行くね。この後、バイトなんだ」

「……お姉ちゃん。怪しいバイトとか、ほんとにしてないよね？」

「だからしてないって。夜に電話するから」

そう言って病室を後にする。

シャノンと合流して、私は再びリムジンへと乗り込んだ。そうして向かうのは写真撮影のスタジオだ。車に揺られることしばし——といっても、リムジンはほとんど揺れないんだけど。

それはともかく、私はスタジオの前で車を降りた。

シャノンをお付きとして連れて、正面玄関からスタジオに入る。受付の案内に従って廊下を進むと、扉が開いた控室から言い争うような声が聞こえてきた。

「——それはつまり、アタシにコネで選ばれた小娘を使えってことでしょう？」

「いえ、ですから、それは上の指示で——」

怒りを滲ませた中性的な声と、困り果てた男性の声。

怒っている方は小鳥遊《たかなし》 裕弥《ゆうや》。年齢は三十代半ばで男性。実力だけで成り上がり、様々な一流ファッション誌で撮影してきた天才カメラマンだ。

対して困り果てている男性はスタッフかなにかだろう。さきほどから小鳥遊先生を必死に宥《なだ》めているのだけど、先生の怒りは収まりそうにない。

「それがコネだって言ってんのよ。このアタシを呼びつけておいて、そんなつまんない仕事をさせようなんて、舐めんじゃないわよっ」

荒れてるなぁ……

まあ、自分の腕だけで天辺《てっぺん》に上り詰めたプロな訳だし、その誇りあるお仕事につまらないしがらみを押し付けられて怒り狂う気持ちは分かる。

でも、ここで怖じ気づく訳にはいかない。

さあ、悪役令嬢のお仕事を始めましょう。

自分は悪役令嬢だと意識を切り替えて、片手を胸の下で組んだまま、もう片方の手でコンコンと、空いたままの扉をノックする。

小鳥遊先生の意識が私に向けられる。その瞬間に口を開く。

「お取り込み中に悪いわね」

「悪いと思っているのに邪魔をするなんていい度胸ね。いったい何処の小娘かしら」

「わたくしは桜坂 澪。貴方の言うところのコネで選ばれた小娘よ」

「へえ……貴女が」

怒りの矛先を見つけたと言わんばかりに、私のところへ詰め寄ってくる。そうしてたっぷり十秒ほど、頭の天辺からつま先まで眺めた。

「……貴女、自分を偽っているわね？」

本質を突いた指摘――だけど、ここで動揺する訳にはいかない。それに、紫月お姉様から小鳥遊先生がどういう人物かは教えられている。

ここで、私の演技が見破られるのは想定の範疇《はんちゅう》で、だからこそ答えも用意してある。

「いまのわたくしはお仕事中だもの」

「ふぅん？　つまり、コンセプトに合わせる演技力がある、と？　でも、残念。アタシを唸らせるほどの演技力ではないようね」

「そうね、わたくしはまだまだ未熟よ。だから――」

パチンと指を鳴らせば、シャノンが小鳥遊先生に手紙を手渡した。紫月お姉様が必要になれば小鳥遊先生に渡せと、用意してくれた奥の手だ。

「手紙？　一体何処の誰が……あら、紫月ちゃんじゃない」

小鳥遊先生が手紙を読み始める。

先生と紫月お姉様に面識があることを私は知らなかった。それどころか、手紙になにが書かれているのかも聞かされていない。

どう転ぶのか、動向を見守っていると、ほどなくして小鳥遊先生が手紙を破り捨てた。

「貴方、下がりなさい」

小鳥遊先生が冷たく言い放つ。

それは私に向けられた言葉ではなく、男性スタッフに向けた言葉だった。

「……え？　いえ、ですが……っ」

ワンテンポ遅れて動揺した男性スタッフは、私と小鳥遊先生を見比べた。それを見た小鳥遊先生は額に手を添えて、これ見よがしに嘆きの溜め息を吐いた。

「この子をモデルに使って欲しいんでしょ？　話をするから、貴方は下がりなさい」

「――分かりました！」

モデルに使ってもらえるなら問題はない。厄介事はごめんだとばかりに去っていく。そんな男性スタッフを見届けもせず、小鳥遊先生は踵を返して部屋の奥にあるテーブルに腰掛けた。

「なにしてるの？　貴女達は早く中に入って扉を閉めなさい」

言われて部屋の中に足を踏み入れ、シャノンに扉を閉めさせた。……というか、どういう状況？　手紙を破ったの、気分を害したからじゃないの？

そんな私の不安を他所《よそ》に、小鳥遊先生は言い放った。

「貴女の事情は分かったわ」――と。

「……事情？　悪役令嬢のこと――かしら？」

予想外すぎる言葉に思わず素で答えそうになって、慌てて令嬢っぽく取り繕った。

「悪役令嬢？」

「あ、いえ、それは……」

「なるほど、それが貴女のコンセプトって訳ね。でも、その話は知らないわ。アタシが聞いたのは、貴女が妹のために養子になったってことの方よ」

「な――っ」

あり得ない。

私が養女なのは公然とされた事実である。だけどそこに嘘を混ぜ、私は先代当主の兄の孫娘という設定になっている。そこに妹のためになんていう設定は存在しない。

なのに、紫月お姉様は、どうしてそんな嘘が破綻するようなことを……

「安心なさい。こう見えてもアタシ、口は堅い方なのよ。だから、貴女の素性についても口外するつもりはないわ。ただ、一つだけ聞かせてくれるかしら」

「……なに、かしら？」

ややもすれば擦《かす》れそうになる声を必死に絞り出し、悪役令嬢という体裁を必死に保つ。

だけど、そんな私の努力を嘲笑うかのように、小鳥遊先生は質問を口にした。

「貴女、妹のためにずいぶんと苦労しているようだけど、辛いとは思わないのかしら?」

「……は?」

「だーかーらー、妹のこと、負担に、迷惑に思ってないのかって聞いてんのよ」

「そんなふうに思ったことは一度もないわ」

「妹のために、こんな大変な思いをしているのに?」

どうして、こんなふうに追及されなくちゃいけないんだろう?

そう考えると段々と腹が立ってきた。たしかに大変だと思ったことはある。だけど、妹のことを負担に感じたり、妹の存在を迷惑に思ったことは一度だってない。

「この程度の苦労、なんてことないわ。いつか破滅するのだとしてもかまわない。あの子の姉だって名乗れなくなったことも気にしない。だって、あの子を救うためだもの!」

胸の前でぎゅっと拳を握り締めって訴えかける。瞬間、シャッター音が鳴り響いた。びくっとして我に返ると、小鳥遊先生が私を撮影していた。

「い、いつの間に。というか、なんですか?」

「待ちなさい。……と、うん、いい表情をするじゃない。よかったわね、貴女。今回のコンセプトにマッチしていて。いえ、だからこそ、なのかしら?」

「……どういうこと?」

「さっさと着替えなさいって言ってるの」

どうやら、今回のモデルに私を使ってくれるということらしい。それなら最初からそう言って欲しい――と思うのは、私のワガママなのだろうか？

でも、どうして手紙一つで急に意見を翻したんだろう――という疑問には、後で紫月お姉様が答えてくれた。今回撮影をするファッション誌には毎回テーマがあって、今回のテーマは『誰かのために、がんばるキミの戦闘服《おしゃれ》特集』だったから――と。

それが、自然体の私にちょうどマッチした。

ということで写真撮影は始まり――

「ほら、さっさとさっきの表情を浮かべなさい」

「さっきの表情って、どの表情よ」

「ったく、しょうがないわね。そんな体たらくで妹を護れると思ってるの？　……そう、その表情よ。出来るじゃない。ほら、次はあっち。あっちに妹がいると思いなさい」

「え、妹？」

「そう、貴女の妹が助けを求めてるわ。貴女が出来ることはなに？　そこで突っ立ってること？　違うでしょ？　そう、その表情よ。いいわ、やれば出来るじゃない」

そんな感じで撮影は続く。

紆余曲折あったものの、なんとか最後まで無事に終わった。

「お疲れ、澪。貴女、なかなか面白い人材ね。また機会があれば撮ってあげるわ」

「そうね、機会があれば撮られてあげてもいいわよ」

「ふふっ、ほんと口の減らない小娘ね。なんて……それも演技よね。アタシは素の貴女の方が魅力的だと思うけど、なにか訳ありなのよね」

「小鳥遊先生、それ――」

「分かってる、誰にも言わないわ。それと、名刺、渡しといてあげる。アタシに撮られたくなったらいつでも連絡してきなさい」

小鳥遊先生の名刺を受け取って、代わりにシャノンが用意した名刺を手渡した。小鳥遊先生が名刺を渡すなんて……と他のスタッフの驚く声が背後で聞こえる。

これも後で聞いた話だけど、小鳥遊先生がモデルの名前を覚えるのは相手を認めたときだけで、名刺を渡すのはもっと珍しいんだって。どうなることかと思ったけど、ひとまずは無事に終わったと思っていいのかな？

そんなふうに考えながら、私は撮影現場を後にした。

「――あら、貴女は」

スタジオの廊下を歩いていると、六花さんと出くわした。

「ご機嫌よう、六花さん」

「ご機嫌よう、澪さん。こうして話すのは初めてですわね」

丁寧な口調だけど、私は嫌な予感を覚えた。と言っても、六花さんの口調に毒が含まれているとか、その表情が笑っていないという訳じゃない。

六花さんの物腰は柔らかそうだ。

私が嫌な予感を抱いたのは——と、彼女の背後へと視線を向ける。

付き人のように従う顔ぶれに、見覚えのある少女が二人交じっている。それは、入試の日に乃々歌ちゃんに絡んでいた西園寺《さいおんじ》 沙也香《さやか》と、東路《あずまじ》 明日香《あすか》である。

悪役令嬢の取り巻きであるはずの二人がここにいるのは偶然か必然か、必然として目的はなんなのか、圧倒的に情報が足りない。彼女達がなぜ行動を共にしているのか、情報を手に入れるまで関わり合いになるのは避けるべきだろう。

「それでは、わたくしは失礼いたしますわ」

そう言って彼女の横を通り過ぎようとする。

だけどすれ違った直後「お待ちなさい」と六花さんが声を上げた。私は頬が引き攣るのを自覚しつつも、「なんでしょう?」と作った笑顔で振り返った。

4

「貴女、琉煌とはどういう関係ですの？」

悪役令嬢の取り巻きを引き連れるのは、原作には登場しないメイン攻略対象の従姉。六花さんが私を引き止めてまで問い掛けてきたのはそんな言葉だった。

彼女の質問の意図が摑めず、私は当たり障りのない答えを返す。

「どう、と言われましても。ご存じのように、ただのクラスメイトですが？」

別のクラスになった陸さんはもちろん、乃々歌ちゃんや琉煌さんとも話していない。同じクラスである彼女なら、それを知っているはずだ。

だけど、私の言葉に沙也香さんと明日香さんが反応する。

「嘘を吐かないで！　だったらどうして、琉煌様があなたと踊ったのよ！」

「そうですわ！　それに聞きましたわよ。最近まで、桜坂財閥に澪という名前の令嬢はいなかったそうじゃありませんか。貴女、何処からか連れてこられた養子なのでしょう？

それなのに、琉煌様の隣に立つなんて許されると思っているのかしら？」

悪役令嬢の側に立ち、ヒロインを責め立てるはずの二人がいま、六花さんという後ろ盾を得て、私に誹謗中傷を投げかけている。

二人が悪役令嬢の取り巻きに相応しい性格というのは事実のようだ。なら、そんな二人を従える六花さんは、悪役令嬢のような立ち位置にいるのだろうか？

「お止めなさい。……沙也香さん。頭ごなしに嘘と決めつけるものではありませんわよ。

それに明日香さんも、生まれを揶揄《やゆ》するような物言いはよくありませんわ」

私の予想とは裏腹に、六花さんはやんわりと二人を諭した。

「……申し訳ありません、六花様」

「六花様、申し訳ありません」

二人は項垂《うなだ》れて頭を下げた。ただし、謝罪の相手は私ではなく六花さんだ。私には謝りたくないという内心が滲んでいる。それに気付いた六花さんが眉をひそめる。

「貴女達――」

「六花さん、わたくしへの質問は琉煌さんとの関係について、ですか？」

六花さんの言葉を遮る。

彼女が取り巻き達に謝罪を強制しても、二人が反省するとは思えない。それどころか、六花さんの前で恥を掻かされたと私に対して恨みを募らせるだろう。

そんなのは私にとって害悪でしかない。だから、謝罪は必要ないと遮った。それに気付いたであろう六花さんは少しだけ困った顔をして、一呼吸おいてから頷いた。

「ええ。わたくしの質問は、貴女と琉煌の関係について、ですわ」

「返答する前に、質問の意図を聞いてもいいでしょうか？」

「意図ですか？　わたくしは琉煌の従姉で、グループ企業に属する会社の娘ですから」

従姉というのは、従弟の相手が気になるという意味だろう。そこに恋愛感情が絡んでいるかどうかまでは、現時点では分からない。でもグループ企業という件《くだり》を考えると、私達の関係を勘ぐって、次期当主の伴侶に相応しいかどうかが気になっている、といったところか。

「六花さんのそれは杞憂です。先日、妹さんのお世話をする機会があり、そのお礼をしていただいただけですわ」

「……妹？　瑠璃のことですか？」

詳しくは琉煌さんに聞いてください——と言いたいところだけど、それはそれで話がこじれそうな気がする。私は差し障りのない範囲で事情を打ち明けることにした。

「明日香さんが仰ったようにわたくしは養女です。雪城財閥の御曹司と踊ることで、わたくしの立場を護ることが出来るとお考えだったようですよ」

「……やはり、琉煌にとってあなたは特別な相手なのですね」

どうしてそうなるのよ！　と、喉元まで込み上げたセリフは寸前で呑み込んだ。

だけど、私は悪役令嬢だ。

分不相応にも攻略対象に恋をして、ヒロインに負けて破滅するのが私の運命だ。琉煌さんが私に特別な感情を抱いていると誤解されるのは避けなくてはいけない。

「琉煌さんにそのようなお考えはないと思います」

「いまはそうだとしても、これからはどうなるか分からないではありませんか」

いえ、原作乙女ゲームの展開と違うのであり得ません――とはさすがに言えない。というか話がよくない方に向かっている。ここは話題をずらした方がよさそうだ。

でも、どういう方向にずらそう？

状況的には『わたくしにその気はないのでご安心ください』の一言で解決するのだけど、悪役令嬢であるという事実がそれを許してくれない。

立場的に、琉煌さんに想いを寄せているというスタンスは貫かなくてはならないけど、周囲に味方してもらうことは許されないって、結構しんどいよね。

……うぅん、考えれば答えは一つしかないね。琉煌さんへの想いは否定せず、だけど六花さんには応援してもらえないような発言をするしかない。

「結局、貴女はなにをおっしゃりたいのですか？　そちらの彼女のように、養女のわたくしは琉煌さんに相応しくないから身を引けと、そういう話かしら？」

挑発に乗ったかのようにして、険悪な空気へ持っていこうとする。

「あら、育ちなんてたいした問題ではありませんわ。重要なのは生まれや育ちじゃなくて、いまの貴女が琉煌の隣に相応しいかどうか、それだけではありませんか」

「いえ、それは、そうですが……」

すっごい正論で諭された。

というかこの人、普通に良い人な気がしてきた。

「もしかして、澪さんは養子であることに負い目を感じていらっしゃるの？」

「いいえ。養子と言っても、わたくしは桜坂の血を引いていますから、負い目に感じる理由はありませんわ。もっとも『養子であることは桜坂 澪にとっての負い目である』と考えている方々がいることは存じておりますけれど」

視線を取り巻きに向けて笑う。

揶揄する人間はいるけれど、私は歯牙《しが》にも掛けていないという意思表示。取り巻きの二人が反応しようとするけれど、それは六花さんが押さえ込んだ。

彼女は少し考えて、「ではこうしましょう」と胸の前で手を打ち合わせた。

「わたくしに、貴女を見極めさせてください。もし貴女が雪月花に選ばれれば、わたくしは貴女を友人と認め、一度だけ琉煌との関係を取り持つと約束しましょう」

「……はい？」

「心配しないでください。雪月花に選ばれずとも力にならないだけで、琉煌と貴女の仲を邪魔したりはいたしませんわ」

そんな心配はしてないよ！　と、心の中で悲鳴を上げた。

私が雪月花に入るのは予定調和だ。いまから停学になるような問題を起こすとか、成績を大きく落とすなどしなければ、雪月花に入ることは決まっている。

つまり、私を見極めるというのはほぼ口実。自分の生まれを揶揄する人間を歯牙にも掛けていないという私の発言から、逆にそれなりに煩わしく思っていると六花さんは判断したのだろう。口さがない者達を黙らせるために自分が味方になる——と、そう言ってくれているのだ。

……この人、すごく良い人だ。

でも、困った。この状況は私の望む状況じゃない。

悪役令嬢は琉煌さんに想いを寄せているけれど、それを周囲の誰も快く思っていない。それが原作乙女ゲームの展開として理想的な状況なのに、六花さんに味方されると困ってしまう。

でも、私にはこの提案を断る口実がない。

悪役令嬢として振る舞う私が、ここでこの提案から逃げるなんて真似は出来ない。シャノンになにか良い案はないかと視線を向けるけれど、彼女は無言で首を横に振った。

困った、どうしよう。誰でもいいから助けて——と、心の声が聞こえた訳ではないだろうけど、明日香さんが「お待ちください、六花様」と待ったを掛けた。

さすが悪役令嬢の取り巻き！　ヒロインの邪魔をするはずの貴女達が私の邪魔をしているのがちょっと気になるけど、とにかくこの状況をぶち壊して！

内心でエールを送ると、それに背中を押されたかのように明日香さんが捲し立てた。

「彼女が雪月花に選ばれるのは既に決まっていることではありませんか。その条件は、いくらなんでも彼女に有利すぎますわ！」

「そうです、六花様。六花様のご友人と認めるなら、もっと条件を厳しくするべきです」

ここだ――っ！　と、私は口を開く。

「そうですわね。雪月花になれるかどうかで見極めると言われても困りますわ。わたくしが雪月花に選ばれるのは必然ですから」

傲慢に、悪役令嬢らしく笑う。

これで性格の悪い私は琉煌さんに相応しくないと判断して、私を試す気を失ってくれれば最高だ。そう思ったのだけど、六花さんは少し考えた後に視線を取り巻き達に向けた。

「では、お二人はどのような条件ならいいと思うのですか？」

「それは……」

と、沙也香さんと明日香さんがヒソヒソと話し合う。

さすがに六花さんの前言撤回を期待するのは無理か。でも、二人に任せたのはいい判断だ。ここで私が絶対に達成できないような無茶振りをしてくれれば、私が断る口実になる。がんばれ～、無茶な条件をひねりだせ～と念を送っていると、ほどなくして話し合いは終わり、明日香さんが「それなら、こういうのはいかがでしょう？」と条件を口にする。

「六花様にとって重要なのは、いま現在、その地位に相応しい能力を持っているかどうかなのですよね？　であるならば、それを証明するのはやはり成績でしょう」

「雪月花に選ばれるなら、成績も相応のはずですが？」

六花さんは首を傾げた。

「それじゃ足りません。六花様にご友人として認めていただくのですから、今度の中間試験、総合成績で五十位以内に入るくらいは出来て当然でしょう」

したり顔で口にする明日香さん。少し考えた六花さんは「そうね。そういう考え方もあるかもしれないわね」と、同意した。それを見た取り巻きの二人は小さく笑う。

雪城財閥のご令嬢を味方に出来ると考えれば、破格の条件と言えなくもない。けど、基本的に一般生は成績優秀なので、財閥特待生が五十位以内に入るのは大変だ。

明日香さん達の提案は、完全に私に対する嫌がらせだろう。

だけど、私は元から中間試験で上位二十％以内に入れというミッションを受けている。一年の生徒数は二百五十人程度なので、五十位以内は元々の目標と変わりない。

そう思っていたら、六花さんが口を開いた。

ただし――

「それでは、貴女達にも達成していただきましょう」

取り巻きの二人に向けて。

沙也香さんと明日香さんは「え、私達ですか？」と顔を見合わせる。その瞬間、六花さんの瞳が冷たく光ったのを私は見逃さなかった。

「わたくしの友人には相応の成績が必要なのでしょう？」

「い、いえ、それは……」

「なにかしら？　澪さんに条件を突き付けて、自分達は突き付けられないとでも？　まさか、澪さんが養女だからと、差別している訳ではありませんわよね？」

六花さんの問い掛けに二人は言葉を返せない。

それを認めれば、六花さんの忠告を無視して私の生まれを差別していることになるし、認めなければ自分達も厳しい条件を満たさなければいけないことになるからだ。

そうして二人の反論を封じた六花さんは淡々と言葉を紡いだ。

「自分の発言には責任を持ちなさい。沙也香さん、明日香さん、次の中間試験で、五十位以内に入るか、それに代わる価値を証明しなければ、わたくしは貴女達を友人と認めません」

「それ、は……」

二人の顔色が真っ青になっている。おそらく、現時点の成績から相当厳しい条件なのだろう。でも、六花さんは条件を緩和したりしなかった。

「いいですね？」

「わ、分かり、ました」

「が、がんばります」

震える声で了承する二人に「では、今日はもう帰りなさい」と六花さんは突き放す。二人は私をきっと睨みつけ、それから逃げるように走り去っていった。

その後ろ姿を見送り、六花さんは私に向き直り――深々と頭を下げた。

「澪さん、わたくしの連れが失礼いたしました」

「いいえ、気にしていませんわ」

取り巻きを従えるのなら、その者達の行動にも責任を持つ必要がある。その考え方は財閥関係者の中ではある程度浸透している考え方なので、貴女は悪くないとは言わない。

ただ、彼女達は悪役令嬢の取り巻きだ。私が六花さんに押し付けたようなものなので、さすがにこの件で六花さんを責める気にはなれない。

「それより、さきほどの言葉は本気ですか？　あの様子を見るに、二人が条件を達成するのはかなり難しいのではありませんか？」

「そうですわね。でも、彼女達が言い出したことです」

前言を翻すつもりはないようだ。残っているお付きの人達も頷いているので、あの二人の暴走は今回が初めてではないのかもしれない。

「友人という訳ではないのですか？」

「雪城家の後ろ盾目当てで近付いてきた方々ですから、お友達になった覚えはありませんわ」

「では、最初から切り捨てるつもりだった……と？」

「いえ、そういう訳ではありません。ですから、自分達の言葉に責任を持って条件を達成するか、あるいは貴女に謝罪するくらいの誠意を見せるなど、わたくしのお友達に相応しい価値を見せるのなら認めるつもりです」

能力の証明か、善良であることを証明する。そのどちらかを成し遂げられれば友人と認め、どちらも成し遂げられなければ切り捨てる、ということ。

さすが大財閥のお嬢様、判断基準が興味深い。

それよりも、問題は私の件だ。

「それで、わたくしも同じ条件を課せられるのですか？」

おいたをした取り巻きをやり込めるために利用されたようなものだ。それが少しだけ不満だという感情を滲ませる。もちろん本心ではなく、交渉のためのブラフだけど。

「澪さんはなにをお望みですか？」

六花さんはすぐさま、私が不満を滲ませた意図に気が付いた。すごいよこの人、もしかしたら紫月お姉様に匹敵する能力の持ち主かもしれない。

「条件を変えてください。わたくしが五十位以内に入り、無事に雪月花のメンバーに入ることが出来たのなら、一度だけ、六花さんが無条件でわたくしの味方になってください」

「それは、わたくし個人の力が及ぶ範囲、ということでよろしいでしょうか？」

「もちろん、親の会社を動かせなんて無茶は申しませんわ」

琉煌さんと私の仲を取り持つという条件を、私の味方をするという内容に変えただけ。その条件は変わっていないようで変わっている。その差異に気付いたかどうか——

果たして、六花さんは了承の意を示した。

「いいでしょう。貴女が条件を達成したら、わたくしは貴女を友人と認め、わたくし個人の力が及ぶ範囲に限り一度だけ、無条件で貴女の味方になると約束します」

上手くいった。

これで軌道修正が楽になった。

紫月お姉様から与えられたミッションを淡々とこなす。それだけで私は六花さんに認められ、乃々歌ちゃんと琉煌さんの仲を取り持つための切り札を手にすることが出来る。

「その言葉、忘れないでくださいね」

私は肩口に零れ落ちた髪を手の甲で払い、悪役令嬢らしく微笑んだ。

5

紫月お姉様から与えられたミッションを淡々とこなす。それだけで私は六花さんに認められ、乃々歌ちゃんと琉煌さんの仲を取り持つための切り札を手にすることが出来る。

——と、キメポーズまで取った私だけど、成績は目標達成ギリギリだ。

家では必死にレッスンを受け、学園では余裕の表情を作って必死に授業を受ける。休み時間はもちろん、教養を身に付けるための読書に費やす。

そんな日々が続く。

おかげで、学園が始まって一ヶ月以上が過ぎたのに、私にはいまだに友人と呼べる人物がいない。ぼっちの悪役令嬢ってどうなんだろう？

悪役令嬢は友達がいないって書くと、なんかラノベのタイトルっぽいよね。

そんなふうに現実逃避をしながらも、必死に勉学に励む日々が続く。ある日の夜、レッスンを終えて部屋に戻ろうとすると、紫月お姉様が待っていた。

だけど、紫月お姉様にいつもの覇気が感じられない。私の前に立っているのは普通の、進むべき道を見失い、迷子になった女の子だった。

「……なにかあったのですか？」

「ええ、また、原作と違う方向に話が進んでいるの」

「分かりました。なら、どうしたらいいか教えてください。私が元に戻します」

紫月お姉様を励ましたくて、わざと強気に言い放った。だけど、紫月お姉様は元気を取り戻すどころか、ますます悲しげな顔をした。

そうして、俯いたままぽつりと呟く。

「……乃々歌が孤立しているの」

私は思わず瞬いた。彼女は原作乙女ゲームのヒロインで、人懐っこくてポジティブな性格の持ち主だ。そんな彼女が孤立するなんて訳が分からない。

「柊木さんが孤立って、どういうことですか？」

「彼女が名倉財閥当主の孫娘だということは知っているわよね？　その上で、貴女のように養子になるのではなく、柊木の名で一般生として学園に入学したって」

「はい、もちろんです」

だからこそ、悪役令嬢の取り巻きに目を付けられるようなことになった。しかし一方で、一般生のあいだでは人気者になるのが原作乙女ゲームの設定だったはずだ。

「財閥特待生から、一般生として見下されているのは原作通り。だけど現実では、一般生からも避けられているの。財閥特待生と繋がりのある人物だと目されて」

「財閥特待生との繋がりですか？」

そんな相手いたかなと首を傾げる。

陸さんは……違うよね？　たしかに彼は一般生として学園にいる財閥の子息だけど、それは原作乙女ゲームの設定通りだ。乃々歌ちゃんが一般生に敬遠される理由にはならないはずだ。

だったら……

「澪、貴女のことよ」

「私、ですか？」

「新入生の歓迎パーティーで、乃々歌が貴女と親しげに話していたのを多くの生徒が目撃してるわ。だから、乃々歌は貴女の関係者だと思われているのよ」

「待ってくださいっ！　私は、彼女を突き放したんですよ？」

私がどんな言葉で乃々歌ちゃんを傷付けたか聞いていれば、私達が仲良しだなんて間違っても思わないはずだ。……待って、聞いて、いれば？

「そう。貴女はたしかに冷酷な言葉を浴びせて乃々歌を突き放した。でも、それは一瞬のことだったから、周囲で見ていた生徒は貴女達が仲良くしゃべっているようにしか見えなかった」

「……私のミス、ですね」

周囲に乃々歌ちゃんを虐める浅ましい姿を見られたくなくて、端的な言葉を選んで乃々歌ちゃんを突き放した。だから、周囲の人はそれに気付かなかった。私がもっと悪役令嬢らしく振る舞っていたら、乃々歌ちゃんは孤立しなかった。

私の半端な行動が、よけいに乃々歌ちゃんを傷付けている。

「私……ダメですね。失敗ばっかりです」

「いいえ、貴女は悪くないわ。悪いのは、原作乙女ゲームの展開ばかりを気にして、周囲への影響を予測して指示を出さなかったわたくしよ。だけど――」

紫月お姉様はきゅっと拳を握り締め、私をまっすぐに見つめた。

「情報操作も試みたけど上手くいってない。だから、これは貴女が修正するしかない。貴女は乃々歌と仲良くするつもりなんてないと、みんなの前で証明しなくちゃいけない」

「……はい」

「しばらくは傷付けなくてもいいと言ったのに、こんなことになってごめんなさい。心から申し訳ないと思うけど、それでも……」

「大丈夫、分かってます」

原作乙女ゲームのハッピーエンドと同じ展開を迎えることで、未曾有の金融危機を乗り越えることが出来て、雫の病を治す治療法も確立される。そして、その治療を雫が早く受けるには、桜坂家の破滅回避も必要だ。だから、私は原作乙女ゲームの展開通りに物事を進めるしかない。どんなに厳しくても、他の道を選ぶ訳にはいかないんだ。

だけど――

「紫月お姉様はなぜ、原作乙女ゲームの展開にこだわるんですか？」

「なぜって……その理由は説明したはずよ」

「たしかに聞きました」

金融危機を乗り越えるためには、ヒロインの元に財閥の子息達が結束する必要がある、と。

日本の三大財閥が手を取り合うことで、金融危機を乗り切るという原作のシナリオは理解できる。ただ、紫月お姉様はその未来を知っているのだ。

「でも、紫月お姉様なら他の解決策も選べたはずです。なのに、どうして、そんな辛そうな顔をしてまで、私に任せるしかないって言うんですか？」

雫を救う道を示してくれたこと、私は心から感謝してる。

でも、紫月お姉様なら、私という代役を立てずに、金融危機と桜坂家の破滅を回避することだって出来たのではないか——と、私は思うのだ。

「……そうね。金融危機を乗り越え、桜坂財閥を護るだけなら、もっと簡単な手はいくらでもあるわ。でも……放っておけなかったから」

紫月お姉様は誰を、とは言わなかった。だから、それがヒロインのことか、攻略対象のことか、あるいは原作乙女ゲームに登場するみんなのことかは分からない。

だけど、罪悪感を抱きながら、それでも誰かのために前に進む。

その理念は私と同じだ。

紫月お姉様が迷う必要はない。

「……私も、私も護りたいです」

「雫ちゃんのことね」

「はい。私は雫のお姉ちゃんです。……もう、戸籍の上ではお姉ちゃんじゃなくなってしまったけど、それでも私はお姉ちゃんなんです。だから私は必ず雫を助けます」

そのために必要なことならなんだってする。

だって――

「これは私が望んだことなんです。だから、紫月お姉様が罪悪感を抱くことなんてない。紫月お姉様はただ、必要だからやれって、私に命じてくだされぱいいんです」

「……貴女は、こんなときでも人の心配をするのね」

「紫月お姉様の妹ですから」

紫月お姉様は愁いを帯びた瞳を揺らし、それからこくりと頷いた。

「……分かったわ。三日後の体育では、ペアでダンスの練習をすることになるわ。乃々歌はおそらく孤立する。いいえ、必ず孤立するように仕向けるから、貴女が乃々歌のペアになりなさい。その上で彼女を突き放し、仲良くないって周囲に知らしめるのよ」

「はい。必ず、柊木さんの環境を改善してみせます」

「お願いね。それと、怪我をさせたり、立ち直れないような心の傷を負わせてはダメよ」

「もちろん、分かってます」

今度の目標は乃々歌ちゃんを傷付けることじゃない。周囲に私が乃々歌ちゃんを虐めているよう見せかけ、私と乃々歌ちゃんは仲良しなんかじゃないと思い知らせることだ。

だから少しだけ、ほんの少しだけ気持ちは楽だ。

乃々歌ちゃんを傷付けるのが目標よりは、だけど。

「……貴女を信じているわ。それと、誰がなんと言おうと、貴女はいまでも雫ちゃんのお姉ちゃんよ。雫ちゃんのために突き進む貴女を、私は尊いと思う。だから――胸を張りなさい」

「――はい！」

イジメは犯罪だ。

私のしていることは悪いことだ。

それでも、後悔はしない。

いつか断罪されたら、胸を張って罪を償おう。

「……あぁ、それと、ダンスはヒップホップだから、ちゃんと予習をしておきなさい」

「はい。……はい⁉　ダンスの授業って、ワルツじゃないんですか⁉」

必死にワルツの練習はしたけど、ヒップホップなんて習っていないと悲鳴を上げる。

「財閥関係者はワルツを踊れて当然だし、一般生はワルツよりヒップホップの方が馴染みやすいでしょ？　だから、ダンスの授業はヒップホップよ」

「待って、ちょっと待ってください。まさか、三日後までに覚えろって、そう言ってます？」

「大丈夫、優秀な先生を呼んであるわ」

「だからって、三日で出来るものじゃないですよね⁉」

「大丈夫、雫ちゃんのためなら出来る出来る」

「――ぐぬっ。あぁもう、分かりました。やればいいんでしょ。やってやりますよっ！　雫のためなら、ヒップホップくらい、すぐに覚えてやりますから――っ！」

こうして、私は必死にヒップホップの基礎を学んだ。

後から考えたら、悪役令嬢がヒップホップに詳しい訳じゃない。目標値までステータスを上げればいいだけなので、ヒップホップが得意である必要はなかったはずだ。

そもそも、この授業にこだわる必要はない。それなのに、三日で詰め込もうとしたのはきっと、私が思い悩まないようにするためだろう。

……ほんと、紫月お姉様の優しさは分かりにくい。


三日後、登校した私はいつも通りに授業を受け、休み時間は教養を身に付けるための読書に力を入れる。ふと気になって乃々歌ちゃんを見ると、やはり孤立気味のようだ。

人当たりがいいヒロインのはずなのに、休み時間に一人でいることが多い。もし私が普通の生徒だったのなら、彼女と仲良くなれただろう。

想像するだけで、それは楽しそうな光景だ。

でも、私は悪役令嬢だ。

私は彼女を突き放さなくちゃいけない。だけど、それはいまじゃない——と、本に視線を移す。そうして黙々と本を読んでいると、不意に気配を感じて顔を上げる。

私のすぐ目の前に六花さんが立っていた。

「ご機嫌よう。澪さんは読書がお好きなのね」

「ご機嫌よう、六花さん。本は様々な知識や、異なる人の考え方を知れて楽しいですから」

その言葉に嘘はない。

ただし、本が好きだとは言ってない。

もちろん、本が嫌いな訳じゃないけど、本音を言うともう少し別の、ラノベのような大衆向けの物語が読みたい。悪役令嬢モノは——さすがにいまは遠慮したいけど。

「ところで、わたくしになにかご用ですか?」

「いえ、ずいぶんと余裕そうだなと思いまして」

「ご安心を。出された条件は必ず達成してみせますから」

六花さんと交流を持つことはかまわないと、紫月お姉様から許可を得ている。六花さんは基本的に原作に関わってこないので、どうするのが正解というのはないらしい。

それでも、不測の事態は避けたいと少しだけ警戒する。

……というか、少し離れた場所で、取り巻きの二人がものすごい目で私を睨んでるんだけど。貴女達、私を睨んでる暇があったら、勉強した方がいいんじゃないの？

なんて、煽ることになるだけだから言わない。

けど、六花さんは私の視線に気が付いたようだ。

「貴女を睨んでいる暇があるなら、勉強をするべきだと思うんですけどね」

ぽつりと呟いた言葉に私は目を瞬いて、それからクスクスと笑った。

「実は、わたくしも同じことを考えていました」

「まぁ、気が合いますわね」

「そう、思っていただけると嬉しいですが……」

幸か不幸か、六花さんは善人だ。財閥の子女らしい冷酷な判断が出来る人間だけど、その本質には誠実さがある。乃々歌ちゃんを虐める私を、彼女はきっと許さないだろう。

……それでも、条件を満たせば、一度だけ味方になるという約束は守ってくれるはずだ。騙すような形になって申し訳ないけど、自分の見る目がなかったと諦めて欲しい。

そんなことを考えながら、当たり障りのない会話を交わした。

そうして休み時間は終わり、再び授業が再開される。それからいくつかの授業と休み時間を経て、ついに体育の授業がやってきた。

蒼生学園には男女共に更衣室がある。それだけでなく、財閥特待生には専用の更衣室があり、私は専用のスペースを使って着替えを始める。

体操着の上にジャージを羽織り、下はスパッツの上にジャージを穿《は》いた。

有名デザイナーが手掛けた体操着には蒼生学園のロゴ、ジャージはシンプルながらもスマートなデザインとなっていて、体操服とは思えないほどに肌触りがいい。

そうして向かうのは体育館。

体育は男女で分かれて授業を受けるため、隣のクラスの女子と合同でおこなう。ただし、今日は男女共に体育館で授業をおこなうようで、体育館には多くの生徒が集まっていた。

財閥特待生の私が足を踏み入れると、体育館の空気がピリッと張り詰める。その視線を受け流してあたりを見回せば、クラスメイトとお話している陸さんを見つけた。

彼は一瞬だけ私を見て――すぐに視線を外した。

……ま、あんなこと言ったんだもん、嫌われて当然だよね。

そして、今日はもっと嫌われることになる。

ごめんね、みんなのことを傷付けて。

心の中で謝罪する。

そうして顔を上げると、私の目の前に琉煌さんがいた。

「……琉煌さん、私になにか用かしら?」

「おまえは、どうしてそのような……」

「そのような……なんですか？」

コテリと首を傾げると、彼は頭を振った。それから呼び止めた口実を探すように視線を巡らすと、私の姿を瞳に捉えた。

「おまえは、なにを着ても似合うのだな」

ふえ？　っと、素の声が零れそうになった。

落ち着け、私。いまのは本題を隠すために口にしただけで、その言葉が本心だとは限らない。それにいまの私は悪役令嬢。その程度のお世辞は聞き慣れている――設定！

「ただの体操服とはいえ、手掛けたのは東京ガールズコレクションにも顔を出す、若者向けブランドのデザイナーですもの。わたくしに似合わないはずありませんわ」

髪を掻き上げようとして、体育の授業に合わせて後ろで束ねていたことを思い出す。とっさに髪の房を摑んで、肩口から前面へと引っ張った。

そうして胸の下で腕を軽く組んで、挑戦的な笑みを浮かべて悪女らしいポーズを取る。

「ふっ、似合って当然、か。そういう傲慢な女は多く見てきたが、実際に似合うからたちが悪い。中学のおまえはそういう性格ではなかったそうだが……高校デビューか？」

「――こっ⁉」

高校デビュー⁉　と、思わず咳き込みそうになった。

でも、そっか、そうだよね。紫月お姉様がそうだったように、琉煌さんがその気になれば、中学時代の私がどんなふうに過ごしていたかだってすぐに調べられる。

私の性格が大きく変わっていることも分かるはずだ。

でも、まさか、高校デビューと思われていたなんて……っ。

……いや、大丈夫なはずだよ。高校デビューだと認識されていても、いまの私が悪役令嬢として認識されれば問題はない、たぶん。

「琉煌さんが、そこまで熱心にわたくしのことを調べているとは思いませんでしたわ。もしかして、わたくしに興味をお持ちなのかしら？」

悪役令嬢として、攻略対象の琉煌に興味があるというスタンスは崩さずに揶揄して笑う。こうすれば、琉煌さんが嫌がるだろうと予想しての行動だ。

これで気分を害して去ってくれることを期待したのだけど――

「そうだと言ったらどうするつもりだ？」

彼の問い掛けに対して、どうして？　という疑問が真っ先に浮かんだ。

琉煌さんはたしかに、妹の瑠璃ちゃんに気に入られた私に興味を示していた。でも、私は悪役令嬢として浅はかに振る舞った。それを見た彼は幻滅したはずだった。

なのに、どうして私に対する興味を失っていないの？　と混乱する。

「……澪」

彼は私の顔に手を伸ばすと、親指で頬に掛かった髪を払いのけた。もしもこれが夕焼け空の下だったのなら、映画のワンシーンになりそうな光景。

だけど、いまは日中で、ここは体育館。

なにより、私は悪役令嬢だ。いつか彼に振られ、その手で断罪される運命にある。想いを寄せている振りはする必要があるけれど、本当に惹かれる訳にはいかない。

そう自分に言い聞かせているとチャイムが鳴った。

琉煌さんは「時間切れだな」と一歩下がった。

「答えは、いずれ聞かせてもらうとしよう」

彼はそう言って、他の男子生徒の元へと向かう。私もまた、精一杯の虚勢でなんでもないふうを装って、女子生徒達の集まる方へと足を運んだ。

いけない、取り乱しすぎだ。気持ちを切り替えよう。

私は一度足を止めて目を瞑り、自分の精神状態をリセットした。

耳を澄ませば、あちこちでおしゃべりしている声が聞こえてくる。誰々が可愛いなんて男子のやりとりや、誰々の筋肉が素敵という女子のやりとり。

そして、乃々歌ちゃんが孤立していることを心配する女子の声と、あの子は財閥特待生と仲良しだから近付かない方がいいと答える女子の声も聞こえる。

乃々歌ちゃんが孤立しつつあるのは本当のようだ。

なら、私がやることは決まっている。

さあ――悪役令嬢のお仕事を始めましょう。

6

若い女性の体育教師、千秋《ちあき》先生がやってきて女子を集合させる。

「今日はヒップホップの基礎を教えます。まずはペアになりなさい」

「はーい」

誰かがそう返事して、女の子達が近場の人や友人とペアを組み始める。私はすぐに乃々歌ちゃんを盗み見た。想定通り、彼女の周りに友達らしき女の子はいない。

後はあぶれた者同士で組む可能性だけど——と、シャノンに視線を向ける。彼女は私の視線に気付いて頷くと、それを切っ掛けに数名の女の子達が動き始めた。

紫月お姉様に与《くみ》する一般生。彼女達が、乃々歌ちゃん以外の、あぶれそうになっている女の子を誘っていく手はず。これで、確実に乃々歌ちゃんはペアの相手がいなくなる算段。

そう思っていたら、周囲を見回していた乃々歌ちゃんと視線が合った。

彼女があぶれてから声を掛けるつもりだったけど、この機会を逃す手はない。そう思ったのだけど、彼女はすぐに視線を外してしまった。

……まあ、そうだよね。私となんて、組みたいとは思わないよね。

だけど、逃がすつもりはない——と、一歩を踏み出す直前に呼び止められる。

「澪さん、よろしければペアを組みませんか？」

声の主は六花さんだ。

彼女が私を対象に選ぶのは予想の範囲内。

だけど、だからこそ、そうなりそうな場合は、シャノンが彼女を足止めする予定だった。

なのになぜと視線を向けると、シャノンは申し訳ありませんとばかりに目を伏せた。

どうやら、シャノンの誘いを振り切って私の元に来たようだ。

それを嬉しくないといえば嘘になる。

だけど――

「六花さん、大変申し訳ありません。わたくし、ペアの相手は決めているんです」

「あら、そうでしたか。では、またの機会にいたしましょう」

六花さんはあっさりと引き下がり、他の女の子に声を掛けた。その子は、六花さんに声を掛けてもらったことに感激し、ぜひお願いしますと了承する。

それを見届け、私は乃々歌ちゃんの元へと歩み寄る。

既に、大半の女の子達がペアになっている。少し焦った様子で周囲を見回していた乃々歌ちゃんは、近付く私に気付いて目を見張った。

私は彼女が逃げないように視線で捕らえ、彼女の元へと歩みを進めた。

柊木さん――は、他人行儀ではあるけれど、相手を尊重する感覚が消しきれない。これからすることを考えれば、別の呼び方の方がいいだろう。

「――乃々歌、わたくしがペアを組んであげるから喜びなさい」

「え、澪さんがペアになってくれるんですか！」

……って、なんでほんとに嬉しそうにしてるのよ。このあいだ、庶民なんて相手にする価値もないと、私に突き放されたのを忘れたんじゃないでしょうね？

ヒロインのポジティブな性格を舐めてたかもしれない。

怯《おび》えたり、嫌がってくれれば、仲が悪いと周囲に見せつけるのは簡単だった。でも、乃々歌ちゃんが楽しそうな顔をしている現状はちょっとまずい。

当初の予定通り、みんなの見ている前で酷いことを言うしかないだろう。

覚悟を決めた私は乃々歌ちゃんとペアでヒップホップの練習をする。

音楽に合わせた基本的なステップを覚え、ペアで一緒に踊るルーティン、それからソロの振り付けを覚えて、最後に二人一緒にフィニッシュを決める。

最初の授業なので、ステップは基礎的なもので構成されている。死に物狂いで予習をした私は、既に全体を通して踊れるようになっている。

乃々歌ちゃんと一緒に合わせてステップを踏み、彼女が間違うたびに叱りつける。

「そうじゃないって言ってるでしょ？　ここは、こうやって……こう。溜めを作って右足を下ろすと同時に、左足を後ろに滑らすのよ」

「う、うん、ごめんなさい」

「謝る暇があれば手足を動かしなさい。ほら、ステップのタイミングがずれてるわよ。って、今度は右手の動きが違うじゃない。違う、ワンテンポ遅らせなさい！」

さながら鬼軍曹。私は心と体の痛み、両方に抗《あらが》って声を荒《あら》らげる。それも乃々歌ちゃんにではなく、周囲に聞かせるように。私は厳しく、そして理不尽に乃々歌ちゃんを叱りつけた。

ほどなくして、先生が意を決したように駆け寄ってきた。

「さ、桜坂さん、いくらなんでも言いすぎです」

「あら、先生。なんのことですか？」

まったく理解できないという面持ちで振り返る。

「なんのこと、ではありません。桜坂さんが優秀なのは認めますが、自分のレベルに付いてこられないからと、ペアの子をそのように罵るのは、い、いけませんよ！」

ジャージを握り締める、先生の手が震えている。

無理もない。

財閥特待生——とくに桜坂の家は莫大な額の寄付をしている。その気になれば、先生の首を飛ばすことも不可能じゃない。そうまことしやかに囁かれている。

そして、それは事実である。

もちろん、多くの財閥特待生や、その親はまともで優秀な人間だ。子供の癇癪《かんしゃく》で教師の首を切ったりはしない。でもしないだけで、出来ない訳ではないのだ。

ましてや、いまの私は傍若無人に振る舞う悪役令嬢だ。私を怒らせればどうなるかは想像に難くない。それでも私を叱る彼女は、勇気があり、とても優しい先生だ。

だとすれば、先生とぶつかるのは得策じゃない。先生の介入を利用する形で、私が乃々歌ちゃんを嫌っていると周知させてもらおう。

そう決断した私は「あら、これは申し訳ありません」と笑う。

「そ、そう？　分かってくれれば――」

「まさか、彼女がこの程度のダンスも満足に覚えられないとは思ってもみませんでしたの。やはり教養のない方はダメですわね」

「なっ。桜坂さん、言い過ぎです！」

先生が声を荒らげ、なにごとかと周囲の注目が集まる。練習をしていた女の子達はもちろん、少し離れた場所で別の授業をしていた男の子達も手を止めて注目する。

シィンと、体育館に静寂が訪れた。

その一瞬を私は待っていた。

「乃々歌。一般生は一般生らしく分《ぶん》をわきまえて、同じ庶民と仲良くしてなさい？」

自然な口調で発した声が、静寂の体育館に響き渡った。

次の瞬間、私のあからさまな差別発言に体育館がざわめき、乃々歌ちゃんに同情するような声が上がり、暴君を蔑むような視線が私へと向けられる。

「さ、桜坂さん、謝りなさい！」

「あら、さきほど謝罪したではありませんか。わたくしの認識が間違っていたと。それよりわたくし、足を少々怪我してしまったので席を外させていただきますわ」

「〜〜〜っ。後で職員室に来なさい。いいですねっ！」

ジャージ姿の私は、カーテシーの代わりに、右手は胸元へ、左手は外側へと伸ばす。紳士がおこなうお辞儀、ボウアンドスクレイプをして踵を返した。

付いてこようとするシャノンに、視線でここにいなさいと命じて体育館を後にする。歯を食いしばって渡り廊下を歩き、中庭にあるベンチにまで足を運んだ。

「〜〜〜っ」

私はみっともなくベンチに座り込んだ。もつれる手を動かして体育用のシューズを脱ぐと、靴下が血塗《まみ》れになっていた。

靴下を脱いでたしかめるまでもない、足のマメが潰れている。

「もう少し、日頃から鍛えておくべきだったなぁ……」

素の私が弱音を吐いた。この三日間、ヒップホップの練習をしたことでマメが出来て、今日の授業でそれが潰れた。

痛い。すごく痛い。

でも本当に痛いのは、乃々歌ちゃんを傷付けたことだ。

私を慕って、がんばっている子にあんなこと……最低だよね。悪役令嬢の仮面は剝がれ落ち、熱いモノが胸から込み上げ、涙になって零れそうになる。

その瞬間、パタパタと駆ける足音を聞いた。

私はとっさに目元の涙を指で払い、それから自分は悪役令嬢だという暗示を掛け直す。

「見つけましたよ、桜坂さん！」

女性の声。自分に暗示を掛け終えた私は、何食わぬ素振りで顔を上げる。声の主は、さきほど私を叱りつけた体育の先生だった。

名前は浦辺《うらべ》千秋。

二十四歳独身で、正義感が強く、若いがゆえに無鉄砲なところがあると、アプリに載っているプロフィールにあった。この行動は、まさにその無鉄砲さによるものだろう。

「……千秋先生、授業はどうしたんですか？」

「自習にして、男子側の先生に監督をお願いしてきました。それより桜坂さん、貴女の態度について話があります——って、それ……」

千秋先生の視線が私の足先に向いた。それに気付いた瞬間、私はさっと靴を履く。だけど先生は「足を見せなさい、桜坂さんっ！」と私の前に座り込んだ。

「あら、うら若き乙女に足を見せろだなんて、セクハラで訴えますわよ？」

「そんな言葉で誤魔化されませんよ。いいから、靴を脱ぎなさい」

　言うが早いか、千秋先生は私の足首を掴んで靴を脱がしに掛かった。私は観念して身を任せる。ほどなく、私の靴を脱がした千秋先生が顔を歪めた。

「血塗れじゃないですか、一体どうしたんですか？」

「マメが潰れた程度で騒がないでください」

「マメが潰れただけって、今日一日でこんなことになるはず……まさかっ」

　千秋先生が私の顔を見上げる。

　今日一日ではこうはならない。つまり、私が自主的に特訓をしていた可能性に気付かれてしまった。もちろん、現時点で確信はないはずだけど、疑われた時点で放置は出来ない。

　……味方に引き入れるのが無難かなぁ。

　無理なら他の手段を考えよう。そう思って、私は笑みを浮かべた。

「千秋先生の予想通りです」

「なら、さっき上手だったのは……」

「事前にヒップホップの基礎を学んだからです」

「ほ、本当に？　じゃあ、どうして、あんなことを……」

　言葉を濁しているけれど、私が乃々歌ちゃんを虐めたことを指しているのは明らかだ。

でも、私はその質問には答えず、「乃々歌はどうなりましたか？」と質問を返した。

「え？　彼女なら、何処かのペアに交ぜてもらっていると思います。一般生のペアがこぞって、彼女に声を掛けていましたから」

「……そうですか、安心しました」

「安心？」

千秋先生が理解できないと首を捻る。

「千秋先生は、財閥特待生と一般生のあいだに溝があることを知っていますか？」

「え？　え、ええ、それはもちろんよ」

「では、乃々歌が私の関係者と目され、一般生から避けられていたのはご存じですか？」

「それは知りませんでした……って、え？　えぇっ⁉　そ、そうだったの？　って、それじゃまさか、貴女が柊木さんにキツく当たったのは……っ」

驚きと、困惑をないまぜにした瞳が私の姿を捉えた。私は言葉は口にせず、小さな笑みを浮かべて応じる。どうやら真意は伝わったようで、千秋先生の表情が疑念へと変わる。

「……どうして、そのような真似を？　桜坂さんなら、他の方法も選べるでしょう？」

「ダメです」

「だから、どうしてですか？　桜坂さんが言いづらいなら、私から柊木さんに――」

その先は言わせなかった。

私は笑みを浮かべたまま、だけど目を細め、千秋先生の肩に手を置いた。

「先生、一つだけ忠告しておきます」

「な、なにをかしら？」

「乃々歌のために介入し、わたくしを叱った先生を心から尊敬します。優しくて勇気ある、そんな素敵な先生を、わたくしを叱ったからなんて理由で首にしたりはしません。でも、わたくしの秘密を探ったり、それを誰かに話したら……分かりますね？」

私が静かに微笑むと、千秋先生はびくりと身を震わせた。

そうして擦れた声で虚勢を張る。

「こ、怖いことを言うわね。話したら、どうなるっていうの？」

「知りたければ、試してもかまいませんよ」

私が微笑むと、千秋先生はブルブルと震えて首を横に振った。これだけ脅しておけば、私が善人だなんて、乃々歌ちゃんに言おうとする気はなくなるだろう。

話は終わったと判断して、私は靴を履き直して立ち上がろうとする。

だけど、千秋先生は震える手で私の腕を掴んだ。

「まだなにか？」

「わ、私は先生です。生徒を護るのが義務です」

「……だから？」

「もし、貴女が柊木さんを虐めているのなら、私は絶対に口を閉ざしたりしないわ」

「つまり、黙っているつもりはないと、そういうことでしょうか?」

もしそうなら、少し面倒なことになる。

そう思ったのだけど、千秋先生は首を横に振った。

「イジメの扱いはとても難しいんです。加害者にそのつもりがなくても、被害者は虐められていると認識する場合もありますから」

「……そうですね。よく聞く話だと思います」

好きだからという理由で、異性にちょっかいを掛けてしまう人もいる。だけど、それで相手が心に傷を負ったらなら、それは虐めに他ならない。

つまり、私がやっていることは虐めに他ならないということになる。

でも、千秋先生は私の結論とは異なる言葉を口にした。

「だけど、貴女の話を聞いて、あらためてさっきの光景を思い返して思ったの。加害者が虐めているつもりでも、被害者はそう思っていない場合もあるかもしれない……って」

「なにを……」

「だから、今回のことは誰にも言いません。少なくとも、いまは」

先生はそう結論づけた。でも、乃々歌ちゃんは自分が虐められていると思っているに違いない。私の言葉は確実に乃々歌ちゃんの心を抉《えぐ》ったはずだ。

千秋先生は本気でそう思っているのか、それとも私の脅迫に屈する言い訳か。

彼女の気が変わったときの保険は必要だ。だけど、しばらく黙っていてくれるのならひとまず問題はない。そう判断した私は「心得ておきます」と立ち上がった。

「桜坂さん、足はどうするの？」

「後で使用人に処置してもらいます。保健室には行けませんから」

「……無理しないようにね」

先生の気遣いに微笑みだけ返し、私はその場から立ち去った。

7

結論から言えば、乃々歌ちゃんが一般生のあいだで孤立している状況は改善された。

先日の一件で、乃々歌ちゃんに対するいくつかの噂が流れた。その噂というのは、乃々歌ちゃんが桜坂家のご令嬢の不況を買ったとか、最初から仲良くなんてなかったという内容だ。

後者の噂は望むところだが、前者は乃々歌ちゃんに近付く者が巻き添えを食らいそうで好ましくない。よって、紫月お姉様の手の者達が、後者の方に噂の方向性を誘導した。

正反対の噂を流すのは難しくとも、噂の方向性を変えることは可能だったようだ。

こうして二週間ほど掛けて、乃々歌ちゃんは一般生達と打ち解けていった。問題がすべて解決した訳ではないけれど、とにかく目先の問題は解決できたと思っていいだろう。

私はそれを横目に勉強に打ち込み——ほどなくして中間試験が始まった。

中間試験は五日に分けられていて、五日目は一般教養などのテストも含まれる。入試のときは的を絞ることが出来たけれど、今回はすべての項目において目標を達成する必要がある。

初日の朝、私は自分の席に座り、これから受けるテストの内容について考えていた。

ただし、悪役令嬢は必死に予習したりしない。そんな信念に基づき、私は雑学の本を眺めながら試験内容に思いを巡らせていた。

だから、だろうか？

「澪さんは相変わらず落ち着いていらっしゃいますわね」

不意に六花さんが話しかけてきた。彼女と話すのは、私が体育の授業中に乃々歌ちゃんを虐めて以来、およそ二週間ぶりだ。正直、もう話し掛けられることはないと思っていた。

「……声を掛けられるのは意外でした」

「わたくしも、試験の結果が出るまでは話しかけないつもりだったんですが、澪さんの張り詰めた空気が気になりまして」

張り詰めた空気？　と首を傾げる。内心はともかく、表面上は余裕ぶってテスト前なのに読書をしている振りをしていた。緊張してるようには見えなかったはずだ。

いや、それよりも『試験の結果が出るまでは』話しかけるつもりはなかった？　それは逆を言えば、最初から中間試験の結果が出れば話し掛けるつもりがあったということだ。

それはつまり……

「先日の約束、既に反故《ほご》になったものと思っていたのですが？」

「体育の一件、貴女の行動はハッキリ言って不快でした」

きっぱりと言われる。

そのあまりのすがすがしさに、私は答えの代わりに苦笑いを浮かべた。

私だって、六花さんと同じ立場なら、同じような感想を抱くだろう。でも、六花さんと同じように、胸を張って不快だと言えるかは分からない。

さすが、雪城家のご令嬢、といったところだ。

「不快なら、話しかけずともよろしいのでは？　いまなら、先日の約束をなかったことにしても、誰も不義理だとは思わないはずです」

六花さんに理解して欲しいと思う反面、これ以上踏み込んでこないで欲しいとも思う。二つの相反する感情がせめぎ合い、私は六花さんを遠ざけようとした。

だけど——

「そうしようかと迷ったのは事実です。ですが、こうも思ったんです。見知らぬ女の子を助けるような親切な方が、相手が庶民だという理由であんなふうに辛く当たるものだろうか、と」

「……見知らぬ女の子？」

「瑠璃のことです」

そっちか――と、納得する。

たしかに、取り巻きの二人が、自分から乃々歌ちゃんを虐めていたとは言わないだろう。

でも、瑠璃ちゃんの件なら話は早い。あのときの私は瑠璃ちゃんの正体を知らなかったけど、それは私にしか確認できないのだから。

「見知らぬ女の子ではありましたが、身なりから財閥関係者だと予想していました。見返りを期待して、打算的に手助けしただけですわ」

「かもしれませんね。でも、打算で動ける人が、雪城家の人間であるわたくしの誘いを断って、あのような暴挙に走るはずがありません。つまり、貴女の行動は矛盾している。裏があるということです」

そんな理由で見抜かれるとは思わなかった。

さすがとしか言いようがない。

追い詰められて沈黙する私に、六花さんが説明を続けた。

「そうして視野を広げたら気付いたんです。一般生のあいだで孤立しつつあった柊木さんが、いつの間にかみんなと仲良くなっていることに。貴女が、狙ったのではありませんか？」

完敗だった。

でも、私はその敗北を認めない。

私が認めない限り、その真実が事実には成り得ない事象だと知っているから。

「……結果論ですね」

「そうかもしれませんし、そうじゃないかもしれない。だからこそ、貴女を見極めようと思ったのです。……ご迷惑ですか？」

私は答えられない。答えられるはずがない。

私が乃々歌ちゃんに酷いことをしたのは事実だ。それはみんなが見ている。それなのに、私のことを信用しようとしてくれている。そんな彼女に迷惑だなんて言えるはずがない。

そして、私が沈黙した時点で、私は白状したも同然だった。

「試験、がんばってくださいね」

六花さんは微笑みを残して去っていった。

私はその後ろ姿を見送って、それから本に視線を落とす。でも、その後は一ページもめくることなく、これから受ける試験についての準備に時間を費やした。

そうして初日のテストは無事に終了。

二日目も無事に終わり、三日目のテストが始まった。

とはいえ、準備は整っている。入試のときのように成績を急上昇させる必要はなく、後回しにしていた課目に集中して取り掛かるだけだった。

私は特に慌てることなく、淡々とテストの解答欄を埋めていく。

テストが終わると、問題用紙と教科書を並べて唸っている乃々歌ちゃんを見かけたけど、私が近付く素振りを見せると、一般生の女の子が乃々歌ちゃんを庇うように現れた。

女の子は制服のスカートをぎゅっと握り締め、それでも私から乃々歌ちゃんを隠す。どうやら、乃々歌ちゃんは一般生と良き関係を築けているようだ。

私はなんでもないふうを装って帰る支度をする。

ほどなく、乃々歌ちゃんはクラスメイトの女の子達に、図書館で勉強をしようと誘われる。彼女は私にちらりと視線を向けると、友達の申し出を受けて教室を後にした。

それを見届け、私も帰路につく。

そうして三日目は無事に終わり、四日目、五日目のテストも無事に終わる。最後のテスト用紙が回収されるのを見届け、先生が退出するのを横目に軽く伸びをした。

直後、私の視界に琉煌さんが映って思わず咳き込みそうになった。すぐに伸びをやめて、なんでもないふうを装う。そこへ近付いてきた琉煌さんが話しかけてくる。

「おまえは本当に難儀な性格だな」

「……もしかしてわたくし、喧嘩を売られているのかしら?」

憎まれ口を返しながら、なんのことだろうかと必死に頭を働かせる。

琉煌さんの性格を考えても、乃々歌ちゃんの件だとさすがに遅すぎる。それとも……もしかして、六花さんとなにか話したのかな? ……それならありそうな気がする。

そんなことを考えつつ、さあ答え合わせこーい! と思っていたら、琉煌さんは肩をすくめて去っていった。って、ちょっと、私に用があったんじゃないの?

心の中で呼び止めるけど、彼はそのまま去っていった。

……ぐぬぬ。

そんなふうにされると気になるじゃない。それとも、私に気にさせる作戦? それなら思いっ切り術中にはまってるけど、特に意味はない可能性もありそうだ。

なんにしても、今日は琉煌さんにかまってる暇はない。

ようやく中間試験も終わって一区切り、この機会に雫のお見舞いに行くのだ! という訳で、私は鞄に筆記用具などをしまって教室を後にした。


「雫、お見舞いに来たよ~」

「澪お姉ちゃん、今日は早いんだね。もしかして創立記念日かなにか？」

「うぅん、今日は試験の最終日だったんだよ」

「え、でも……」

雫の視線が私の服装に向けられる。

私が身に付けているのは、先日のモデルで使用した洋服の一つ。夏を先取りしたサマーカーディガンとブラウス、ハイウエストのスカート＆ニーハイソックスだ。

雫は私が地元の公立高校に通っていると思っているので、制服で学校がバレるのを防ぐ必要がある。そのため、一度帰って着替えてから来た――という設定を伝える。

本当は病院の更衣室を借りたんだけどね。

「家に帰って着替えてきた？」

「うん、これを渡したかったから」

私はそう言って、手に提げていた荷物を雫の前に掲げてみせた。

「それ、なに？」

「雫にプレゼント、ノートパソコンだよ。私とおそろいで買っちゃった」

「え、ノートパソコン？　って……うわっ、これ、年末に出たモデルの高級品じゃない。ものすごく高かったんじゃない？」

「そんなことないよ。ほら、領収書」

突っ込まれると思って、用意してあった領収書を見せる。

それを見た雫が信じられないと目を見張った。

パソコンのことは分からないから、桜花百貨店の家電量販店で予算を提示して、ビデオ通話が出来る手頃なノートパソコンを選んで欲しいと店員さんにお願いした。

そうして売ってもらった品なので、私のバイト代で買える程度の金額だ。

「ほんとに、ほんとにこの金額で買えたの？」

「そうだってば。それより、これで私とビデオ通話できるでしょ？」

「え、まぁ、それはもちろん、出来るけど……」

値段に納得いってないみたいだけど、私は嘘を吐いていない。

「それより、設定は分かる？」

「うん、この程度ならすぐに設定できるよ。そういう澪お姉ちゃんは？」

「私も大丈夫。友達に教えてもらったから」

本当はシャノンだけど、もちろんそんなややこしくなるようなことは言わない。雫がノートパソコンを触り始めるのを横目に、私はお見舞いのリンゴを剝くことにした。

余談だけど、雫の病室には、キッチンやリビングまである。

悪役令嬢の教育課程に料理はないけれど、佐藤 澪には必要だった技術。最近は使ってないけど……と、キッチンでナイフを手に取って、クルクルとリンゴの皮を剝き始めた。

鼻歌交じりにリンゴを剝いていると、雫が「ねぇ澪お姉ちゃん」と呼びかけてきた。

「どうかした？」

「最近、お姉ちゃんはなにをしてるの？」

「なにって……女子高生？　あと、バイトもしてるよ」

「バイトって、楓さんのところ？」

「……うぅん、高校生になったから、別のところで働いてるよ」

ボロが出ないように誤魔化す。

それを聞いた雫はわずかに沈黙して――

「変なバイト、してないよね？」

唐突にそんなことを言った。

私はびくりと身を震わせ、だけど深呼吸一つで冷静さを取り戻す。何食わぬ顔で「変なバイトってなによ？」と振り返ると、雫は裏返しになったファッション誌に視線を向けた。

「……雫、そのファッション誌がどうかしたの？」

「……うぅん。なんでもない」

「そう？」

「うん」

どうして急に興味をなくしたのか分からないけど、自分から『ほんとに怪しいバイトなんてしてないわよ？』なんて言い出したら怪しすぎる。話題は蒸し返さない方がいいだろう。

私は剝いたリンゴをベッドサイドのテーブルに置いた。

それから数日が過ぎ、試験の結果が発表される日になった。廊下には上位五十名の名前が張り出されている。私はそれを見るために教室を後にした。

上から見ると、十番以内に琉煌さんや陸さんの名前が入っている。

続いていくつか見知った名前が並び、二十七位に六花さんの名前があった。

それからしばらく眺めていくと、四十四位に桜坂 澪の名前があった。

結構ギリギリだけど、ミッションを達成し、六花さんとの約束も果たせたようだ。私はその事実にほっと一息を吐く。

ついでに五十位まで確認すると、五十位に乃々歌ちゃんの名前があった。

——え？

驚いて見直すけれど、たしかに柊木 乃々歌と書かれている。

原作の彼女は徐々に成績を上げ、二学期くらいからここに名前が載るはずだった。なのに、一学期の中間試験から、ギリギリとはいえ名前が載っているのは驚きだ。

その事実に驚いていると、「目標達成、おめでとうございます」と声を掛けられた。振り向くと、悠然と微笑む六花さんの姿があった。

「六花さんこそ、二十七位なんてすごいじゃないですか」

「ありがとう。でも、澪さんほどじゃないわよ」

一瞬、嫌味かと思ったけれど、六花さんがこんな嫌味を言うとは思えない。そう思って首を傾げると「澪さんの入試の結果を知っているんです」と笑った。

どうやら、私が成績を大きく上げたことを知っているらしい。

……というか、入試の結果って、自分の分以外は非公開のはずなんだけどなぁ。

まあ、紫月お姉様も知ってそうだし、今更か。

「そういえば……お二人の姿が見えませんね？」

「ええ。そして謝罪もなく、名前も載っていない。そういうことなのでしょう」

見切りを付けるつもりのようだ。

悪役令嬢の取り巻きになれず、六花さんのお友達にもなれなかった。彼女達がこれからどうなるのかは分からないけど、悪役令嬢と共に破滅するよりはましだろう。

「それにしても、やはりわたくしの予想は間違っていなかったようですね」

「予想、ですか？」

六花さんの言葉に、私は首を傾げた。

「澪さんが見かけ通りではない、ということです。休み時間も本を読んでいるばかりなのに、結果はしっかりと出している。澪さんは努力を見せない方なのですね」

私はその言葉に応えない。六花さんは微笑んで「貴女が正式に雪月花に選ばれるのを、わたくしは楽しみにしております」と去っていった。

私としても、色々なヤマが片付いて一安心だ。

もちろん、校外学習でのイベントなんかが待っているけれど、雪月花入りは結果を待つだけだ。大きな問題を起こせばその限りじゃないけれど、権力を笠に着ている程度じゃ雪月花入りが立ち消えになることはない。

私の意識は、完全に校外学習でのイベントに移っていた。

だけど、数日後。

私が戸籍を改竄していて、実は桜坂家の血を引いていないという噂が、学園であっという間に広がった。まるで、誰かが意図的に噂を流しているように。

エピソード４

１

私の戸籍を改竄したという噂が、学園でまことしやかに囁かれている。それを知った私は屋敷に帰ってすぐ、制服を着替える暇も惜しんでシャノンを呼び出した。

すぐに、服を着替え終えたシャノンが姿を現す。

「澪お嬢様、なにかございましたか？」

「私を試すのはやめて。噂の件は把握しているのでしょう？」

「ご明察です。それで、なにをご所望ですか？」

「まずは紫月お姉様に報告するわ。話があると伝えてちょうだい」

「紫月お嬢様は視察に出掛けておりますので、帰り次第でよろしいですか？」

「……いえ、それなら私がメールをしておくわ」

言うが早いか、私は紫月お姉様にメールを送る。本文には状況の報告と、それについての判断を仰ぎたい旨を記した。

「返事を待っているあいだにシャワーを浴びて着替えてくるわ」

「では着替えを用意いたします」

私の言葉に、屋敷のメイドが準備を始める。それを横目に私はお風呂場に向かった。脱衣所で制服と下着を脱いで、大きなお風呂場でシャワーを浴びる。

頭から温めのお湯を浴びて、私はこれからのことに思いを巡らせた。

戸籍の改竄は犯罪だ。財閥の力で隠しおおせれば――つまりはバレなければ罪には問われないけれど、バレてしまえばいくら財閥といえど、糾弾されることに変わりはない。

このことが明らかになれば、桜坂財閥への攻撃材料にもなりかねない。

とはいえ……と、私はシャンプーで髪を洗いながら考えを纏める。

すでに琉煌さんにも気取られている。彼はバラさなかったけど、今回と同じような状況に陥る危険はあった。それでも、紫月お姉様はこれといった対策を立てなかった。

つまり、今回のような状況は想定しているはずだ。

だから大丈夫なはずなんだけど、どうして大丈夫なのかが分からない。

噂の主を特定して、実家に圧力を掛ける、とか？

……違うよね。そんなことをしたら、噂の内容が事実だと気取られる。それ以前、既に証拠を押さえられていた場合、脅した事実が新たな弱味となりかねない。

どれだけ考えても、この状況をひっくり返す方法が見つからない。本当に、紫月お姉様は対策を考えているのかな？　もし考えていなかったらどうなっちゃうんだろう？

そんな不安を洗い流そうとシャワーを浴び続けた。

シャワーから上がると、スマフォにメール受信の通知が届いていた。私は片手に持ったバスタオルで髪を拭きながら、もう片方の手でメールを開いて目を通す。

「……さすが、紫月お姉様」

心配は要らないから、のんびり待ってなさい――だって。紫月お姉様がそう言うのなら間違いなく大丈夫だ。胸に渦巻いていた不安がすぅっと消えていく。安堵した私はスマフォを着替えの横に置こうとして、もう一件通知があることに気が付いた。

もう一通の通知は、ビデオ通話をしたいという雫からの連絡だった。髪を乾かして私服に着替えた私は、部屋に戻って雫とおそろいのノートパソコンを立ち上げた。

アプリで雫にメッセージを送り、いまならビデオ通話できると連絡する。ほどなく、雫から通話要求が届いた。了承を押すと、液晶画面に雫の姿が映り込んだ。

「あ、ほんとに雫が見える。やっほー雫、こっちの姿は見えてる？」

「うん、お姉ちゃんが見えるよ。でも……いまどこ？」

「いま、自室だよ。部屋の内装はちょっと模様替えをしたんだぁ」

用意していた言い訳をよどみなく告げる。

ここは実家の数倍は広いから、偽装しないと絶対に怪しまれる。これに関してはもちろん対策済みで、部屋の広さを誤魔化せるような位置でビデオ通話をしている。

雫は少しだけ小首を傾げ、そっかぁと頷いた。

「それで、なにか用事?」

「うん、実は、その、お姉ちゃんに面と向かって言いにくいことがあって。でもビデオ通話なら伝えられるかなって、そう思ったから……」

「……うん、なに?」

内心ではびくりと震え、それでもなんでもないふうを装って雫の言葉を待った。画面の向こうにいる雫は視線を彷徨わせ、それから意を決したようにこちらに視線を向けた。

「澪お姉ちゃんは、私のためにたくさん、たくさん無理をしてくれてるんだよね。でも、もう十分。もうこれ以上、私のために無理をしなくていいんだよ」

「なにを……なにを言ってるのよ。私は無理なんてしてないよ」

「これ、お姉ちゃんだよね?」

唐突に、雫がカメラの前にファッション誌を掲げた。それはいつも雫が読んでいるファッション誌。そして今月号の表紙を飾るのは――私だった。

「それは、紫月お――嬢様の関係で誘ってもらって、ちょうどやってみたかったから」

「嘘つき。澪お姉ちゃん、人前に出るの苦手でしょ?」

「それは昔の話だよ」

中学生になりたてだった頃はたしかに人と話すのが苦手だった。でも、雫のためにカフェでバイトをするようになって、そんな苦手意識はとっくの昔に克服した。

だけど、それを聞いた雫は泣きそうな顔をする。

「そっか……カフェのときから無理をしてたんだね」

「違うっ、私は無理なんてしてないよ！」

「優しいね、澪お姉ちゃんは。大好きだよ。でも……もう聞いているんでしょ？　私が、あと三年くらいしか、生きられないって」

「雫、それは……」

「だから、もう十分だよ。これ以上、私のために無理をしないで」

「しず、く……」

馬鹿だ。私は馬鹿だ！

三年後には雫の病を治す治療法が確立されるけど、私が失敗したらその希望は消えてしまう。だからぬか喜びさせるのが怖くて、私はその可能性を雫に伝えないでいた。

だから、いまの雫には絶望しかない。あと三年しか生きられないのに、生きているだけで家族に負担を掛け続けている。そんなふうに苦しんでいたのだろう。

いまの雫には希望が必要だ。

「よく聞いて、雫。希望は……あるから」

「なにを、言っているの？」

「詳しいことはまだ話せない。でも、海外ではいま、雫が患っている難病の治験がおこなわれている。それが三年以内に認可される予定なの」

私が口にした希望に、けれど雫は悲しげに微笑んだ。

「それは、知ってるよ。でも、日本でその治療を受けられるのは……」

「うん、もう少し先なんだよね。でも、紫月お嬢様が約束してくれたの。私がある取り引きに応じれば、治療法が認可され次第、雫にその治療を受けさせてくれるって」

そう続けると、雫は目を見張った。

そして希望と不安をないまぜにした顔でぽつりと呟く。

「嘘……」

「嘘じゃないよ」

信じたい。でも信じられない。

そんな顔で視線を彷徨わせ、それから雫はボロボロと泣き始めた。

「し、雫？」

「だから、なの？　澪お姉ちゃんの様子がおかしいのは、やっぱり私のせい？」

自分が助かるかもしれないと知って、最初にするのが私の心配なんだね。本当に、雫は優しい女の子だ。だからこそ、私は雫を助けたくなる。

「ちょっとだけ違うよ。雫のせいじゃなくて、雫のためだよ。私は雫を助けるためにがんばってる。それが私の望み。だって私は、雫のことが大好きだから」

戸籍の改竄によって、いまの私と雫に戸籍上の繋がりはない。だけど、それでも、私が雫のお姉ちゃんで、妹を大好きなことに変わりはない。

「私は雫を助けたい。だから、これは私がやりたいこと。私は、雫のために無理なんてしていない。私は、私がしたいことを為すためにがんばってるんだよ」

「お姉ちゃん、でも、でもぉ……」

画面の向こうで、雫が涙を流し始めた。モニターの向こうにいる雫は手の甲で涙を拭うけれど、涙は止め処《ど》なくあふれてくる。その姿がとても愛おしい。いますぐ抱きしめてあげたいのに、画面の向こうには手が届かない。私はノートパソコンをぎゅっと握り締めた。

「雫、治験が終わったら、私が絶対に治療を受けさせてあげる。だからあと二年、三年だけがんばって生きて！」

「……いいの？　私、生きようと足掻いてもいいの？　いままで、お父さんやお母さん、それに澪お姉ちゃんにたくさん迷惑を掛けてきたのに、これ以上迷惑を掛けてもいいの？」

「……ばか。迷惑だなんて、誰も思ってないよ。それに、雫は絶対によくなる。だから、貸しは元気になったら返してもらうわ。……覚悟しておきなさい？」

「うん、うん……っ。私、私……っ！」

顔をくしゃくしゃにして口元を手で覆う。くぐもった嗚咽《おえつ》の声が聞こえた直後、マイクからプツリと音が鳴って音声が途切れた。

続けてカメラの視界に雫の手のひらが映り込み、モニターが真っ暗になる。

「……雫、大丈夫だよ。私がついてるからね」

画面が真っ暗になったノートパソコンをそっと撫でる。どれほどそうしていただろう？　しばらくして、目を赤く腫らし、照れくさそうな雫の姿がモニターに映った。

「……澪お姉ちゃん。ほんとに、ほんとに迷惑じゃない？　私……ぐすっ。諦めなくて、いいの？　まだ生きたいって、そう思っても……いいの？」

「当たり前じゃない。私が必ず、雫をハッピーエンドに導いてあげる！」

私はそう微笑むと、雫は不器用に笑った。

「ありがとう。私、お姉ちゃんの妹でよかった。私、もう少しだけがんばるね」

「ええ、一緒にがんばりましょう。ハッピーエンドを目指して」

「うん、がんばる。……それじゃ、その、今日はもう切るね」

「ええ、また明日」

笑顔で挨拶を交わして通話を切る。

それから一呼吸おいて、扉がノックされた。「入ってください」と扉の向こうに声を掛けると、紫月お姉様が部屋に入ってくる。

どうやら待っていてくれたらしい。

私はすぐにソファ席に移動して、ローテーブルを挟んで紫月お姉様と向き合う。

「紫月お姉様、お待たせしてすみません」

「うぅん。妹を励ますために費やした時間を、待たされたなんて思ったりはしないわ」

「聞こえて……ましたか？」

「少しだけね。それより、本題に入りましょう。貴女の戸籍の件が噂になっているのよね？」

「はい。誰かが意図的に噂を流したようです」

現時点で分かっているのはそれだけ。

根拠なく言っているだけなのか、証拠を摑んでいるのかは分からない。ただ、意図的に噂を流しているのなら、それは私か、桜坂家に敵意を抱く者だろう。

後者は多すぎて見当もつかないけれど、前者なら候補はそう多くない。

「六花さんか、取り巻きの二人、あるいは陸さんか琉煌さん。考えられるのはその辺りです」

「あら、六花達も候補から外していないのね」

「はい、可能性は零ではないと思いましたので」

六花さんは良い人だと思うし、琉煌さんも気遣いの出来る人だ。陸さんに至っては、身分を笠に着るような人間を嫌う正義感の強い人間だ。

でも、同時に財閥の子息子女でもある。紫月お姉様や私がそうであるように、笑顔を浮かべる裏側で別のことを考えている可能性は否定できない。

「もっとも、怨恨《えんこん》の線で一番怪しいのは取り巻きの二人ですね」

「そうね。あの二人が噂を流しているのは確認済みよ」

紫月お姉様がさらっと教えてくれた。

なら、琉煌さんや陸さんの線は消していいだろう。

「取り巻きの二人が主犯か、六花さんが黒幕、ということになりますね。個人的には、六花さんは関わっていないと思いたいところですが……」

「あら、澪は六花がお気に入りなの？」

「私のことも信じてくれましたから」

乃々歌ちゃんを虐めた件で、なにか理由があるはずだと言ってくれた。友情とか、それによる絶対的な信頼ではないけれど、私も六花さんではないと思いたい。

「まぁそうね、私も六花は関わってないと思うわ。彼女は琉煌の従姉だからね。彼女が黒幕なら、琉煌が止めているはずよ」

「そういえば、罠とか言ってましたよね。どういう意味なんですか？」

首を傾げると、紫月お姉様は「そろそろ頃合いかしらね」と呟いた。そうして、ローテーブルの上に書類を広げて見せた。私はそれに目を通す。

それは私や家族の戸籍を纏めた戸籍表だった。

「澪、貴女は以前こう言っていたわね。戸籍上はお姉ちゃんじゃなくなったけど、それでも私は雫のお姉ちゃんだから――って」

「はい、それは、言いました、けど……」

書類に目を通していた私は息を呑む。

そのタイミングを見計らったかのように、紫月お姉様は凛とした声で言い放った。

「澪、貴女はいまでも妹さんのお姉さんよ。――戸籍の上でも」

その言葉が示す通りのことが書類には示されていた。

私はいまでも雫のお姉ちゃん。それを理解した瞬間、瞳から一筋の涙が零れ落ちた。

「紫月お姉様は、最初からこのことを……？」

その問い掛けに、紫月お姉様は小さく笑った。

「澪、わたくしが張った罠に愚か者が掛かったわ。貴女はその愚かな犯人を生贄に、自分が桜坂家の娘であると知らしめ、悪役令嬢としての地位を確立なさい」

すべて、すべて紫月お姉様の手のひらの上だった。それを理解した瞬間、ゾクリと背筋が凍るような想いを抱く。紫月お姉様が敵でなくてよかったと安堵して自分の身体を抱きしめる。

そして、自分がなにをするべきなのかを理解して頷いた。意識を悪役令嬢サイドに切り替えて、「もちろんですわ、紫月お姉様」と、肩口に零れ落ちた髪を手の甲で払いのける。

「悪戯《いたずら》好きの小悪党に、本当の悪女がどんなものか見せつけてやりましょう」

2

蒼生学園に行くと、そこかしこから視線を感じた。露骨な場合は、こちらに聞こえるような声で私の噂をしている。そういう人物は総じて、財閥特待生が多いように感じる。ゴシップが好き――というより、桜坂財閥にダメージを負わせたい人達だろう。そういう人達が、取り巻きの二人の流した噂を積極的に広めている。

もちろん、それを理解し、噂に顔を顰《しか》める人も少なくはない。

「シャノン、それぞれの反応を纏めておいて。紫月お姉様の役に立つはずよ」

「かしこまりました」

シャノンはそう言うと、スマフォに軽く触れた。

……もしかして、いまの一瞬でメモ――はさすがに出来ないよね。他の人達に指示を出した？　それとも、隠しカメラとかで録画とかしているのかな？

「両方ですよ」

「怖いから心を読まないで」

「心ではなく表情を読んだだけです。澪お嬢様のように首を傾げていたら分かりますよ」

普通は分からないと思う。

でも、シャノンは紫月お姉様の右腕だ。それくらい出来なければ側近は務まらないのかもしれない。そう考えると、すごい人の妹になったよね、私。

そんなことを考えながら教室へと向かった。

教室に入ると、一気に視線が集まる。

基本的にはさきほどまでと変わらない。乃々歌ちゃんに辛く当たっている分、一般生の当たりが強くなるかと思ったけど、そういう訳でもないようだ。

そうして見回していると、乃々歌ちゃんと目が合った。

意外にも、彼女は私に心配するような目を向けてくる。自分を罵った相手にまで気遣いを見せるなんて、さすがは乙女ゲームのヒロインだね。

でも私は悪役令嬢だ。

貴女の同情なんて要らないわと、吐き捨てるようにそっぽを向いた。

そうして席に着き、いつものように本を取り出した。でも、それに視線を落とすのはお預けになりそうだ。六花さんが歩み寄ってきたから。

「ご機嫌よう、六花さん」

「こんにちは、澪さん。貴女のご機嫌は……よろしいのですか？」

六花さんの妙な気遣いにクスッと笑い、私は「そこそこ、ご機嫌ようですね」と言い直した。それを聞いた六花さんは「そこそこ……」と複雑な顔をする。

彼女は少しだけ思い詰めた顔で口を開く。

「最初に言っておきます。今回の噂にわたくしは関わっておりません」

「……そうですか、安心しました」

それは私の心からの声だった。でも、そんなふうに返されるのは予想外だったのだろう。六花さんは「安心？　わたくしを信じてくださるのですか？」と瞬いた。

「正直に言うと、六花さんも疑っていました。でも、六花さんなら証拠を残したりしない。あの二人を使っておきながら、自分は関わっていない——なんて嘘は吐かないかと」

大抵の悪役令嬢は自分の手を汚さない。自分の取り巻きに悪事を働かせる。

だが、結果的にはそれがバレて断罪される。

一方で、紫月お姉様ならそんなミスはしない。自分の取り巻きではなく、自分と無関係の者を動かすに決まっている。そうすれば、悪事が明るみに出ても足が付かないから。

六花さんでもそうするはずだ。

あるいは、あの二人を使って私を陥れ、自分の仕業だと名乗りを上げるのなら分かる。

でも、あの二人に噂を流させておいて、自分は関わっていないなんて下手な嘘は吐かない。

だから、六花さんは関わっていないと確信した。

「誰の仕業かは知っています。その上で、六花さんはどういう立ち位置ですか？」

あの二人を諌《いさ》める気はあるのか——と、言外に問い掛けた。

「雪城家の娘としては、中立として静観します」

「止める気はないと？」

「スマートな方法とは言えませんが、桜坂家の娘を窮地に立たせる手腕は評価しなくてはいけません。相応の価値を証明したら認めると、言ってしまいましたからね。もちろん、そういうつもりで言ったのではなかったのですが……」

あぁ、そういうことか。

取り巻き二人が噂を流した理由がようやく分かった。六花さんから出された課題は、中間試験で五十位以内に入るか、それに代わる価値を証明しろというものだった。

だから、桜坂家の娘をやり込めて証明しようとしたという訳だ。

「ただ、私人としては澪さんを応援しています」

「ありがとう、六花さん。その言葉だけで十分ですわ」

「……意外ですね。協力を求められるかと思っていました」

「あら、お願いしたら、協力してくださるんですか？」

「勝ち目があり、そして有益な取り引きなら応じますよ？」

六花さんはクスクスと笑う。

さっき中立と言ったくせに——と、私も笑った。

「お気持ちだけ受け取っておきます」

「そうですか。貴女がどのように劣勢を覆すのか、楽しみにしておりますわ」

「あら、期待していただいたのに申し訳ありませんが、わたくしはなにもいたしません。そもそも劣勢になんて陥っていませんし、あの二人には感謝しているんですよ？」

「それは、一体……」

六花さんが困惑気味に視線を落とした。

「いずれ——いいえ、すぐに分かります」

教室の入り口から生活指導の先生が入ってくる。それを見た私は言い直した。

同時に、生活指導の先生が現れたことに気付いた明日香さん達がニヤリと笑う。私が先生に連れて行かれるところを想像したのだろう。

だけど——

「東路、西園寺、両名は生徒指導室に来なさい」

先生が声を掛けたのは私ではなかった。声を掛けられた二人は「はい？」と瞬いて、他の生徒達も「澪さんじゃないの？」とざわめいた。

「な、なんで私達が指導室になんて呼び出されなくてはならないのよ？」

「そうです、私達を呼び出す理由はなんですか？」

「他の生徒の根も葉もない誹謗中傷を流して風紀を乱しただろう？」

沙也香さんと明日香さんの問い掛けに、生活指導の先生が答えた。その言葉に、クラスの面々はそれぞれ違う反応を見せた。きっと、私が圧力を掛けたと思った人間もいるだろう。

沙也香さん達はそっち側の人間だった。

「根も葉もない話じゃないわ。私は事実を口にしただけよ！」

「そうです。澪さんの戸籍は確認済みですわ！」

二人が大きな声で、噂を流した本人だと白状してくれた。ここまで紫月お姉様のもくろみ通りで怖くなる。後は、私がその流れに沿って動くだけだ。

――さあ、悪役令嬢のお仕事を始めましょう。

私は髪を搔き上げ、クスクスと笑い声を上げた。

それに沙也香さんが反応してくれる。

「な、なにがおかしいのよ！」

「あら、ごめんなさい。貴女達の情報収集能力があまりにお粗末で、ついおかしくって笑ってしまいましたわ」

「なんですって⁉」

沙也香さん達が睨みつけてくる。

私はそれを無視して生活指導の先生に視線を向ける。

「先生、少しお時間を頂いてもよろしいですか？」

「……かまわないが、実家のことは秘密ではないのか？」

「家族の了承は得ていますので問題ありません」

「そうか、では好きにしなさい」

「感謝いたしますわ」

私はカーテシーをして、それから沙也香さん達に視線を向けた。

「結論から申しましょう。わたくしの母は、駆け落ちで桜坂家を出奔した男性の娘ですわ。つまり、わたくしは事実として桜坂の血を引く娘、ということですね」

「嘘を吐かないで！　その戸籍は改竄したものでしょう！　貴女がもともと佐藤という家に生まれたことは調べがついているのよ！」

本当に、沙也香さんは私の望んでいる言葉を口にしてくれる。

「沙也香さんは誤解なさっていますわ。わたくしは戸籍の改竄などしていませんもの」

「では、佐藤という姓に心当たりはない、と？」

「いいえ、それは私が養子になるまで名乗っていた姓です」

「ほら見なさい！　やっぱり、戸籍を詐称していたじゃない！」

勝ち誇る沙也香さんに、私は意味が分からないというふうに小首を傾げてみせた。それを見ていた生活指導の先生がこう口にする。

「西園寺、おまえの言う佐藤家の夫人が、桜坂の血を継ぐ者だぞ?」

「……は?」

沙也香さんが理解できないとばかりに口を開けた。

そんな彼女に、私は分かりやすく説明をする。

「母は庶民として暮らしているの。それなのに、実は桜坂の血縁だなんて知られると、面倒に巻き込まれるでしょう?　だから、生家の名前を伏せていたのよ」

「そんなっ、出任せを言わないでっ!」

「いいや、桜坂の言っていることは事実だ。桜坂が語った理由により、その情報を非公開にして欲しいという要請があったが、学園関係者はその事実を把握している」

生活指導の先生が私の味方をしてくれる。クラスの雰囲気が一気に私寄りに傾いた。私はこの期を逃さず、沙也香さん達にトドメを刺しにいく。

「お聞きの通りですわ。ただ、わたくしの祖父の戸籍に細工がされていたのは事実です。中途半端に調べたのなら……誤解することもあるでしょうね?」

そう口にして、悪役令嬢らしく髪を掻き上げた。

一部の人達が息を呑んで身震いをする。これが、桜坂家を攻撃しようとする者への罠で、沙也香さん達がまんまとその罠に掛かったのだと理解した者達だ。

私は青ざめた沙也香さん達に歩み寄り、二人の耳元に口を近付ける。

「そう落ち込む必要はないわ。貴女達はよくがんばったもの。ただ、ほんの少し、ほんの少しだけ、わたくしの方が貴女達よりも悪女だっただけのことだから」

悪役令嬢の微笑みを前に、二人はその場にくずおれた。


その後、二人は生徒指導の先生に連れて行かれた。そして職員室前のボードには、両名の名前と共に『風紀を乱した罰として、三日間の奉仕活動を命じる』という紙が張り出された。

罰自体は重くないけれど、桜坂の娘に手を出して返り討ちに遭ったという事実は、学園中に広まることとなるだろう。それは、二人の学園生活に影を落とすことに繫がる。

そうして、私の戸籍に関する噂は消え失せた。戸籍の件が事実かどうかよりも、二人をやり込めたという事実が、他の財閥の子息子女を黙らせる要因になったようだ。

まぁ、ようするに……

ぜぇんぶ、紫月お姉様のもくろみ通りってことだよね。

最初からすべてを明らかにしていれば、私が庶民育ちだという事実を攻撃材料にされたはずだ。でも、戸籍を改竄しているように見せかけたことで矛先をずらした。庶民育ちという部分ではなく、桜坂の血を引いていないという、より大きな弱点に目を向けるように。

もちろん、今回の件で私が庶民育ちだという弱味を知られてしまった。でも戸籍に見えた弱味は、そこに食い付く敵を陥れるための偽情報だった。

育ちにも罠が仕掛けられていないという保証はない。

その可能性が、私を攻撃しようとする人への牽制となる。それに、私に敵対した人の末路は現在進行形で見せしめになっているのでなおさらだ。

こうして、私は無事に雪月花入りを果たした。

私は悪役令嬢として、本当の意味で乙女ゲームの舞台に立ったことになる。

でも、色々と考えさせられることもあった。いまになって思えば、紫月お姉様が悪役令嬢の代役に私を選んだのも偶然とは思えない。

ひったくり犯から紫月お姉様の鞄を取り返した私が、たまたま駆け落ちして桜坂の家を出た令息の孫娘だった——なんて可能性はどれだけある？

それこそ、乃々歌ちゃんのように、乙女ゲームのヒロインでもなければあり得ない確率だ。紫月お姉様はもしかしたら、私にも話していない秘密があるのかもしれない。

でも……紫月お姉様は、悪役令嬢として働く私に胸を痛めてくれた。そんな紫月お姉様だから信じられる。必ず、雫を救うという約束を果たしてくれるはずだって。

だから、私のやることは変わらない。

目指すのはみんなが救われるハッピーエンド。
悪役令嬢の犠牲の上に成り立つ、原作乙女ゲームのハッピーエンドを目指すだけだ。

エピローグ

前回の騒動から一週間ほどが過ぎ、校外学習の日がやってきた。悪役令嬢たる私が、ヒロイン——乃々歌ちゃんのファッションについて揶揄する日だ。

ファッション誌で表紙を飾った私のコーディネート。

今日の乃々歌ちゃんは、そのコーディネートの服を身に付けている。そんな乃々歌ちゃんに対し、ファッション誌のコーディネートをそのまま真似ることしか出来ないのかと馬鹿にする。

その悔しさをバネに、乃々歌ちゃんがファッションに目覚める——というのがイベントの主旨だ。

そんな訳で、校外学習は私服である。これは、蒼生学園の生徒に財閥の子息子女が多く、制服でうろつくと誘拐される可能性がある、という理由によるものだ。

校則でも、財閥特待生が校外で活動するときには私服が推奨されている。

という訳で、私はファッション誌の表紙を飾ったコーディネートにアレンジを加えたファッション。金の刺繍が入った白いブラウスに、サマーカーディガンを羽織り、ハイウエストの淡いブルーのスカート、その下には編み上げのブーツを履いている。

ファッション誌のテーマは『誰かのために、がんばるキミの戦闘服《おしゃれ》』だった。

解釈は人それぞれ、コーディネートごとに違う解釈が出来るような曖昧な表現を使っているけど、ようするに『憧れの人に見せる服』と言ったところだろう。

……表紙の私も、雫のことを思う横顔が、まるで恋する乙女みたいだったしね。正直、悪役令嬢の私よりも、ヒロインの乃々歌ちゃんの方が似合ってると思う。

でも、乃々歌ちゃんのファッションセンスを磨くためには、自分の意思を持ってもらう必要がある。ファッション誌のコーディネートを真似るだけで満足されては困るのだ。

幸い、校外学習の行き先はファッションショーだ。

非現実的なデザインから新しい流行を模索するモードと、既にあるデザインからより洗練されたデザインを生み出そうとするリアルクローズ。

その二つのファッションショーを見学することになる。

新たな常識を生み出し、より洗練された世界を作り出す。

それが蒼生学園のモットーだからである。

とまあ、理由はともかく、私は集合場所である会場のロビーへと足を運んだ。

紫月お姉様によると、乃々歌ちゃんが原作乙女ゲーム通り、ファッション誌の表紙にあるコーディネートに身を包んでいる可能性は五分五分くらいだそうだ。

一般的に考えれば、特別な理由でもない限り、なにを着るかはその日の気分次第。カオス理論とか、バタフライエフェクトとか、もろもろを考えれば違う服を着る可能性が高い。

でも、原作乙女ゲームの歴史をたどるよう、なんらかの力が働いているらしい。それは必ずしも変えられない流れではないけれど、放っておけば修正される程度の力はあるようだ。

そして――

その力の存在を証明するように、乃々歌ちゃんは私と同じ服装で現れた。

紫月お姉様から与えられたミッション。乃々歌ちゃんの服装を揶揄するというイベントを起こすため、私は彼女の元へと歩み寄る。

「ご機嫌よう、乃々歌」

「桜坂さん……？」

生徒が集まる待ち合わせの広場。

同じような服装の私と乃々歌ちゃんが向き合った。私達を知らない人が見れば、仲良しの二人がおそろいの服装をしていると思ったかもしれない。

でも、私達の関係を知る者はそうは思わない。

財閥の令嬢と、その令嬢に嫌がらせを受けている女の子。そんな二人の服装が被ってしまったらどうなるか――と、これから起きることを想像した生徒達が息を呑む。

乃々歌ちゃんの友達が、乃々歌ちゃんを庇おうと近付いてきた。

でも、それを待つつもりはない。

「乃々歌、これは、わたくしがファッション誌で着たコーディネートよ。それを、背丈や容姿も違う貴女がそのまま着るなんて――」

「知ってます。桜坂さんが表紙でびっくりしたんですよ！」

ファッションを舐めているの？　と私が言い切るより早く、乃々歌ちゃんがキラキラした目で詰め寄ってきた。私はその予想外の展開に目を瞬《しばたた》く。

原作では、モデルが悪役令嬢だと気付いていなかったと聞いている。だからこそ、ヒロインは自分を虐めている悪役令嬢がモデルになったコーディネートを身に付けた。

知っていたら、このコーディネートは絶対に避けたはずだ。

「……貴女、私がモデルだって知ってて、そのコーディネートを？」

「はい、もちろんです」

「……なんで？」

思わず悪役令嬢としての仮面が剝がれ、素の口調で聞いてしまった。でも幸いにして乃々歌ちゃんはそれを追及せず、けれどももっと大きな問題を口にした。

「……だって、桜坂さんは私の、その……あ、憧れですから！」

少しはにかむ姿がすごく可愛い。

さすがヒロイン――って、違う。そうじゃないでしょ⁉

私、乃々歌ちゃんに酷いこと言ったよね？　ちゃんと、酷いこと言ったよね？　それなのに、どうしてこの子は、いまだに私のことを憧れだなんて言っているのかな？

理解できない現実を前に脳が処理落ちをする。

乃々歌ちゃんを助けに来たクラスメイトの女の子が、その言葉を聞いて「ちょっと乃々歌、なに言ってるの？　桜坂さんから、嫌がらせを受けてたじゃない！」と怒った。

桜坂の娘を前にストレートな物言いをする辺り、この子も混乱してるんだろう。私が、混乱仲間だねと現実逃避をしていると、乃々歌ちゃんが「だから違うってば～」と否定する。

「桜坂さんは、私が入試のときも助けてくれたの。それに新入生歓迎パーティーでも、自分が悪者になって私達を庇ってくれたし、体育のときも孤立してる私を助けてくれたんだよ。その後の私がどうなったか考えれば、答えはすぐに分かるでしょ？」

ああぁあぁぁぁっ、たしかに合ってる！　辛く当たったのが、乃々歌ちゃんのためだっていうところまで見抜いてるのすごい！　すごいけど、そこは見抜いちゃダメなんだよぅ。というか、あれだけ酷いことを言われたのに、こんなふうに言えるなんて物語のヒロインみたいだね。

そうだ、乙女ゲームのヒロインだったよ。

……どうしよう？

クラスメイトの女の子も、胡散臭そうに私を見てるじゃない。ここで乃々歌ちゃんのためだって認めるのは論外だけど、違うって言っても信じてくれるかな？

……いや、信じさせるしかない――と、私は意識を切り替えた。

「乃々歌、貴女がわたくしに憧れるのは勝手だけど、見たまま私の真似をするなんて恥ずかしいことは止めてくれるかしら？」

恥ずかしいなんて言われれば、さすがの乃々歌ちゃんも傷付くだろう。そう思った矢先、乃々歌ちゃんの友人らしき女の子が「いくらなんでも酷くないですか？」と私を睨んできた。

桜坂の娘にそんなことを言うなんて怖い物知らずだね――と思ったけど、よく見たら、その手がわずかに震えている。それだけ、乃々歌ちゃんのことを心配しているのだろう。だけど、乃々歌ちゃんはポンと手を打ち合わせた。

「なるほどっ！　ただ真似するだけじゃなくて、自分に合わせてアレンジしろということですね。教えてくれてありがとうございます！」

合ってる。合ってるんだけど……なんで喜んでるの？

乃々歌ちゃんを突き放しつつ、彼女のファッションセンスが上がるようにヒントを混ぜた――つもりだったのに、乃々歌ちゃんがすぐに気付くせいで、私がツンデレみたいになってる。ここで『貴女のためを思って言ってる訳じゃないんだから！』と叫べば言い訳の余地はなくなる。

……よし、逃げよう。

いや、お仕事を放棄する訳ではなく、戦略的撤退という意味だ。

「勝手になさい。わたくしはもう行くわ」

「えぇ～？　一緒にファッションショーを見てくれないんですか？」

ちょっぴり拗ねた乃々歌ちゃんが可愛らしいけど、調子に乗りすぎである。私は「いいかげんになさい」と、彼女の鼻先にビシッと指を突き付けた。

「わたくしは暇じゃないの。それと、一般生が財閥特待生に楯突くなんて、とんでもなく危険な行為よ。わたくしに尻尾を振っている暇があったら、そっちの友人に感謝なさい！」

乃々歌ちゃんの友達が目を見張った。私に楯突いたことで震えていたから、これで少しは安心できるだろう。私はクルリと身を翻し、今度こそその場から撤退した。


そのまま乃々歌ちゃんから距離を取り、ロビーにあるベンチに腰を落とす。そうして、あの子、ポジティブすぎない？　と溜め息を吐いていると、不意に足元に影が落ちた。

「なぜ溜め息を吐いているんだ、このツンデレは」

いきなりなセリフに驚く。次いで、その声の主が琉煌さんであることにもう一度驚く。でも、私はすぐに意識を切り替え、ポーカーフェイスで表情を作ってから顔を上げた。

「……琉煌さん。わたくしがツンデレなんて面白くない冗談ね」

「なんだ、気付かれている自覚はなかったのか」

琉煌さんが意外そうな顔をした。

「……まさか、あの娘の戯《ざ》れ言を信じているなんて言わないわよね？」

「戯れ言？　真実だろう。だが、俺はあの娘の言を聞いたから言っているのではない。おまえがあの娘を庇っているのはパーティーのときから気付いていた」

「琉煌さんの勘違いよ」

六花さんのときと同じだ。

そういう疑惑があったとしても証拠はない。私が違うと断言すれば、その言葉を否定する根拠を彼は持ち合わせていない——と、そう思っていた。

「ふっ、あのときのおまえの表情を見た者はそうは思わないだろう」

「……わたくしの、表情？」

なんのことか分からなくて困惑する。

だけど、琉煌さんは「やはり気付いていなかったか」と笑った。

「俺とあいつらが敵対しないように悪者を演じた。あのセリフはずいぶん様になっていたが、あのときのおまえは罪悪感で泣きそうな顔をしていた」

「——デタラメよ！」

「事実だ。だからこそ、俺と陸は矛を収めた。あの娘がおまえを信じているのも同じ理由だろう。あの表情を見せられて、おまえの気持ちを汲めないヤツはただの馬鹿だ」

そのときの私の心情をどうすれば言い表すことが出来るだろう？

私は酷いことばかり言っている。それなのに乃々歌ちゃんだけじゃなく、琉煌さんまでもが私の本心に気付いてくれた。みんないい人ばっかりだ。

こんなふうに理解されて嬉しくないはずがない。なにも知らずに出会っていたら、私は琉煌さんを好きになっていたかもしれない。

だけど、私は悪役令嬢だ。

悪役令嬢として彼らと敵対し、三年後には断罪されなくちゃいけない。私の破滅こそが妹を救う鍵、乙女ゲームのハッピーエンドにたどり着くトリガーだから。

だから、私はいつか彼らの信頼を裏切らなくちゃいけない。彼らが私を優しいと思えば思うほど、その印象を覆すほどの悪事で彼らを裏切らなくちゃいけない。

そのときを思うといまから胸が苦しくなる。

――と、私のスマフォが振動で通知を知らせる。通知はアプリの更新で、そこには悪役令嬢としての新たなミッションが表示されていた。

このやりとりを見ているシャノンの警告だろう。

自分の目的を忘れてはならないと。

でも、大丈夫。既にイバラの道を進むと決めている。私はベンチから立ち上がり、それでもなお高い位置にある琉煌さんの目を覗き込んだ。

「琉煌さんはこう言いたいのね？　わたくしが悪役を演じていると」

「そうだな。理由までは分からないが……」

「それなら結構よ。いつかそのときが来たら、正しい判断をしてくれると信じているわ」

私は身を翻し、琉煌さんの側を離れる。

琉煌さんが私の本心を見抜いていようが、そうじゃなかろうが関係ない。大切なのは、私の破滅と引き換えに手に入るハッピーエンドを掴むこと。

いつかそのときが来たら、情に流されずに私の罪を裁いてくれるのならそれでいい。

役目を果たすべく、私は髪を掻き上げた。

「さあ、悪役令嬢のお仕事を始めましょう」

あとがき

おかげさまで記念すべき十シリーズ目となります。『さぁ、悪役令嬢のお仕事を始めましょう　元庶民の私が挑む頭脳戦』を手に取っていただきありがとうございます。

作者の緋色の雨と申します。

という訳で、デビューして七年目に入り、ついに十シリーズ目を出すことが出来ました。これもひとえに、緋色の雨とその作品を応援してくださった皆さんのおかげです。

心よりお礼申し上げます。

また、緋色の雨の作品はこれが初めてという方は、これからよろしくお願いします。

話は変わりますが、久々の文庫本となりました。デビュー作が文庫本で、その後はずっと文芸書だったので、緋色の雨としては原点に返ってきた感じでしょうか。

まだ見本誌は目にしていないんですが、とても感慨深いです。

そんな十シリーズ目である本作についてのお話を少々。

本編を先に読んでいる方はご存じだと思いますが、今作は財閥が解体されず、金融危機を迎えていない日本を舞台にした、悪役令嬢モノの物語となっています。

内容は、主人公の澪が破滅を目指して頑張る話です。いえ、わりと語弊がありますね。とはいえ、まだ本編を読んでいない人もいると思いますので、詳しくは伏せておきます。

本編、楽しんでいただけたのなら幸いです。

後は少し宣伝を。最近完結した『悪役令嬢のお気に入り　王子……邪魔っ』や、新しく発売した『大正浪漫に異世界聖女　私は巫女じゃありません！』など、その他の作品もよろしくお願いします。詳しくは、緋色の雨のツイッターで告知をしていたりするので、よろしければ検索してみてください。


最後になりましたが、イラストレーターのみすみ様。これを書いている時期が早くて、まだキャラデザしか拝見していないのですが、とても素敵なデザインでした。

完成イラストも楽しみにしています。

続いて担当の黒田様、サブ担当の髙栁様、三シリーズ同時進行にお付き合いくださりありがとうございます。今後ともよろしくお願いします。その他、今作に関わったすべてのみなさんにも感謝を言わせてください。ありがとうございます！

それでは、次巻でまたお会いできることを願って！

四月某日　緋色の雨

シリーズ累計280万部突破&
TVアニメ
絶賛放送中！
超人気異世界ファンタジー
文庫化第6弾！
好評
発売中！
くまクマ熊ベアー6
[著]くまなの [イラスト]029
詳細は公式HP・SNSで！
URL
https://pashbooks.jp/
Twitter
@pashbooks
金曜日発売！

恋と家族と友情と……
15歳からの
青春やり直し物語
好評
発売中！
アラサーの俺は
別世界線に逆行再生
したらしい 1
［著］翠川 稜 ［イラスト］白クマシェイク

この本を読んでのご意見・ご感想・ファンレターをお待ちしております。

〒104-8357 東京都中央区京橋 3-5-7
(株)主婦と生活社 PASH!文庫編集部
「緋色の雨先生」係

PASH!文庫

※本書は「小説家になろう」(https://syosetu.com)に掲載されていたものを、改稿のうえ書籍化したものです。
※この作品はフィクションであり、実在の人物・団体・法律・事件などとは一切関係ありません。

さぁ、悪役令嬢のお仕事を始めましょう

元庶民の私が挑む頭脳戦

2023年4月17日 1刷発行

著 者 **緋色の雨**
イラスト みすみ
編集人 山口純平
発行人 倉次辰男
発行所 株式会社主婦と生活社
〒104-8357 東京都中央区京橋 3-5-7
[TEL] 03-3563-5315(編集) 03-3563-5121(販売)
03-3563-5125(生産)
[ホームページ]https://www.shufu.co.jp
製版所 株式会社明昌堂
印刷所 大日本印刷株式会社
製本所 株式会社若林製本工場
デザイン ナルティス(尾関莉子)
フォーマットデザイン ナルティス(原口恵理)
編 集 黒田可菜、髙柳成美

 ISBN 978-4-391-15953-0